주문을 푸는 여자

우중화 시인은 2019년 계간 ≪리토피아≫로 등단했으며, 막비시동인으로
활동 중이다.

e메일 : fafsd@naver.com

리토피아포에지 · 86
주문을 푸는 여자

인쇄 2019. 4. 15 발행 2019. 4. 20
지은이 우중화 펴낸이 정기옥
펴낸곳 리토피아
출판등록 2006. 6. 15. 제2006-12호
주소 22162 인천 미추홀구 경인로 77(숭의3동 120-1)
전화 032-883-5356 전송032-891-5356
홈페이지 www.litopia21.com 전자우편 litopia@hanmail.net

ISBN-978-89-6412-110-8 03810

값 10,000원

이 도서의 국립중앙도서관 출판예정도서목록(CIP)은 서지정보유통지원시스템 홈페
이지(http://seoji.nl.go.kr)와 국가자료종합목록시스템(http://www.nl.go.kr/kolisnet)에
서 이용하실 수 있습니다. (CIP제어번호 : CIP2019014143)

우중화 시집

주문을 푸는 여자

LITERATURE & UTOPIA

시인의 말

바람이 붑니다.
아직 멈추지 않는 바람이 붑니다.
사람과 사람의 바람이……

2019년 봄
우중화

차례

제1부

제3부

제4부

| 제1부 |

주문을 푸는 여자

바싹 말라 화석이 된 멸치가 생생한 육수를 뿜어낸다.
건조한 아침 달래며 탱글탱글 살 오르고 비늘도 번뜩인다.
뜨거운 뚝배기가 그렇게 살지 못한 멸치를 끌어안는다.

밤새 말랑해진 말들이 풍덩풍덩 뛰어들며 뜨거워진다.
고등어 한 마리가 품어 온 바다가 온통 넘실거리며 웃는다.
화분 속 마른 꽃이 숭숭 썰어지다가 귀한 잎을 피워낸다.

짓이기던 말들이 밥이 끓듯 넘치며 잠든 풍경을 깨운다.
지난 밤 옹이를 박던 뜨거운 남자는 다시 탱글탱글하다.
밤의 주문을 풀고 박제가 된 나비를 뜯어 날린다.

고래를 잡는 남자

밤새도록 술을 마신 남자가 새벽바다에서 고래고래 고래를 잡는다.

혀 짧은 노랫말이 시소를 타다가 끝내 고래가 되지 못하고 술고래로 남는데,

사랑과는 거리가 먼 노래를 듣던 개가 담장 너머에서 웬 소리냐고 짖는다.

꾸역꾸역 토악질하는 담벼락 밑에서 막 피던 개나리꽃이 고개를 돌린다.

골목을 벗어나는 남자의 지느러미가 새벽 달빛에 꼬리를 기일게 늘이고,

미처 따라가지 못한 노랫말이 담벼락 틈새마다 틀어박혀 아직도 고래다.

이후로 오래

창을 두드리는 나무의 잎들을 뜯어낸다.
붉은 피가 고이고 밤새 신열은 끓어오른다.

갈잎 부딪쳐 마른 신음 들리는 밤은
살갗에 당신의 피부를 이식한다.
심장 속 덕지덕지 들러붙은 이름들을 벗긴다.
밤새 호송하는 시월의 밤이다.

혀끝으로 핥던 말 같지 않은 말들은 가슴속에서 꺼낸다.
심장에 박힌 모래알들은 오랜 시간 생채기를 만들어낸다.

굳은살 박는 한겨울 바람이 일고,
낯설어지지 않는 이름 어설프게 끌어안는다.

연애를 모르시네요, 벌님

딱 그만큼이야 네 사랑은 밋밋한 향기에도 들이대며 쏘아
대는, 아무데나 엎어져 집적거리고 벌려진 치맛자락 익숙하
게 드나드는,

유치해 거기까지만,
허기진 거짓된 욕망은 버려 버려.
이성의 허리띠로 잘록하게 묶고,
관습과 규제라는 딱딱함에 촉수가 꺾인,
넥타이 끝 줄줄이 매달린 노을빛 꿀물만 뚝뚝.

벗겨버리고 싶겠지. 넥타이부터 바지지퍼까지 끈적거리는
매듭, 대지 위를 달리는 사자를 보았니. 푸른 갈기 날리며
벌떡거리는 포효, 죽음까지도 불사한 한낮의 성애를. 그 수컷
들은 다 어디로 갔을까. 동굴 밖 지키며 보호했던 누군가의
생존.

다 흔들린다고 그렇게 흔들리다니.

온통 지식만으로 중무장한 머릿속
그저 할딱거리며 숨 떨어진 낭만.

마음의 무게가 차야 한다. 사랑은 위풍당당하게 암놈을
지키는 풍채, 의미 없는 단순한 도시 체위, 계산된 카타르시
스, 행위가 너무 얄팍해 도시의 반짝임 따라 쓸데없이 어슬
렁거리는,

아는 사람이었다

지독히도 길치인 바람에 틈틈이 길을 잃고 헤맨다.
잃은 길 다시 찾지 못하고 묘하게 방향감각이 무너진다.
낯선 도시 한가운데 놓으면 어쩌면 미아가 될 것이다.
택시도 타기 싫어 버스노선을 찾다가 다시 아득해진다.
반대편으로 가야 하느냐 계단을 다시 내려가야 하느냐.
잘 안다고 생각했던 길이 이리도 막막하다.
거대한 비밀이 지퍼를 활짝 연다.
티비에 버젓이 얼굴 내밀고 사랑을 벌컥벌컥 마신 남자,
보이는 것이 다가 아니고 현실이라 했다.
무단 침입자가 나가는 문을 잃어버렸다.
가벼운 쪽지들이 투명한 날개를 달고 날아다닌다.
톡, 톡들이 알고도 모른다는 듯 무심하게 일어선다.
표정을 습관처럼 거둬가는 알았던 사람이다.
껌도 씹으며 껄렁한 말도 던진다.
허구헌날 길 잃고 허공에 날리는 검정 봉다리다.

시인 공작소

시름시름 앓던 말들이 딱지 않은 시월의 밤비로 내린다.
오랜 생채기로 겹겹이 주름지고 골진 시간 틈 사이사이로.

검은 입 덥석덥석 베어 물며 쓸쓸하게 안쓰러웠던 시절,
지독하게 어리고 슬픈 말들의 놀이터는 아직 개장 중이야.

지극히 때 묻지 않은 부드러운 순수도 강요하지 마세요.
질 나쁜 말들을 꺼내 가을볕에 말린다면 다시 순수해져요.

한 편의 시詩를 만들어 내려는 욕망의 부끄러운 일탈,
필요해 덤으로 남자랑 아주 동적인 오르가즘은 어때?

시의 주검이 왈칵 쏟아지는 비릿한 내음 타고 불어오네.
그런 오늘 위로 네가 스치기도 하고 흔들리기도 하고.

여름 오후 네 시

제 생을 다한 무덤가 거죽 하나 사이로 그가 눕는다.
햇빛에 늘어진 나무들 잎들 풀들 거기에 나도 눕는다.

건조한 바람 불어 심장 한쪽 모래사막에 처박아놓고,
서걱서걱 모래알 섞인 말들 그대 앞에 울며 털어놓고,

매일 뛰쳐나오는 푸석거리는 활자가 착착 접혀져 있는,
어제를 말한 신문 잊지 않고 찾아대는 인사 문자 떠돌고,

원피스 자락 살랑거리며 여자는 젖무덤 풀어 헤치고,
그 젖무덤 사이로 뜨거운 입술 무형의 언어 새겨넣는,

무엇이 빠진 걸까 나 좀 저 파도 속에 멀리 던져줄래.
그러면 오히려 일어날까 하루를 넘기고 또 넘기는 하루.

내 안에 가시가 있어요

꽃 피우지 못한 가시 새가 되어 울지 못한 가시
분노로 때로는 도덕으로 상실된 자아 뽑아낸 자리,
다시 나를 찌르기도 하고 당신을 향하기도 하고
때로는 정교한 거짓으로 뾰족하게 당신을 찌르고,
눈물 흐르는 심장에 피가 나도록 포옹하기도 하고,
나를 빼내주세요 푸른 나무 빛나는 별 되고 싶어요.
밤이 왜 깊은지 알아요 새벽이 왜 푸른지 알아요.
미안해요 울고 싶어요 내 안에 아직 가시가 있어요.

내가 만난 사람들

누군가는 하루의 곤함 속에서도 시를 쓰고 시를 읽고 시를 고심하고,

지금 누군가는 늦은 밤까지 공부하느라 딱딱한 글자 속을 헤매 돌고,

누군가는 바닷가 어느 모퉁이에서 파도소리 들으며 내일을 준비하고,

누군가는 맡겨진 책임을 다하지 못한다는 미안한 마음에 밤잠을 잊고,

누군가는 모두 퇴근한 사무실 안에서 늦은 밥을 먹으며 희망을 쓰고,

누군가는 홀로 떨어진 외딴 공간에서 밤하늘의 별빛을 찾고 떠나고,

누군가는 하루 일과의 끝에서 잠시 휴식으로 카스를 방문하고 있고,

누군가는 하루의 그리움을 곱씹으며 고독하게 음악을 듣고 있을 테고,

산란産卵의 계절

길고 긴 여행 기우는 걸음으로 얼마나 걸어왔나.
한 번 걸어 나올 때마다 백여 개의 알을 품는다.
지층에 끼어 돌무늬가 되기도 하는 너는 안는다.
조상의 조상 때부터 원시적 그리움을 끌어안는다.
그렇게 살아왔지 늘인 목처럼 길게 늘어진 기억,
한 줄에 묶여진 그저 보고 싶다는 이유 하나였지.
공주를 구하는 돈키호테처럼 등껍질의 갑옷 입고,
먼 순례의 길 걸어 도착했지만 어디에도 그대는 없고,
까실한 모래무덤 아래 뜨겁게 화살촉은 내리쏟는다.
등껍질 벗고 전라全裸로 마른 꽃무늬 무덤 기어나와,
구전의 말이 전설처럼 떠오르는 바다는 갈라지는데,
터지는 알들의 소리에 신음 소리도 함께 터져나오네.

노숙하는 노인

공원의 외다리 새 한 마리가 땅바닥을 쪼아댄다.
새벽부터인지 아니면 지난밤부터인지 알 수 없다.
자리를 떠나지 못하고 빙빙 돌며 먹이를 찾는다.
질긴 빛살이 접은 날개 미끈한 등짝에 쏟아진다.
땅바닥은 발바닥만큼이나 마른 먼지 부석거린다.
흙바람 땅은 다리 잃고 걸어야 할 하늘이 되었다.
하늘이 된 땅에서 마른 날개 슬쩍 펴보기도 한다.
새는 외다리 발바닥만큼 작은 땅에 씨앗을 심는다.
다리 하나에 싹이 나고 다리 두 개에 싹이 난다.
두 다리가 되기도 하고 세 다리가 되기도 한다.
하루치 밥을 먹고 하루를 나는 최선의 날갯짓이다.

시를 쓰지 못하는 밤

불빛을 먹은 빗방울이 반짝이며 톡톡거린다.
핸드폰을 열면 습지에 빠진 목소리가 건너온다.
버려진 것보다 당한 것이 더 서럽다는 그 여자.
누구에게도 잘도 속을 수 있는 그 여자.
아이 러브 유, 또 속으셨군요.
다섯 글자 안의 비밀, 거짓도 항상 새롭다니.
알만큼 안다 했는데 나이 헛먹었던 것이다.
뒹구는 우산만큼이나 휘젓는 축축한 고백이다.
비 맞고 자빠진 몸으로 스르륵 피멍이 들고
피멍 든 무릎은 당차도록 살아낸 시간들이다.
살리고 싶었던 사랑은 무모했다.
헛것을 본 듯 허허로워 함부로 열어 보일 수 없는,
숫자로 만들어진 머리에 너도 나도 그러했다고,
슬프지 마세요. 이런 밤에도 꽃은 핍니다.

떠나다

이별이 아파 아름다운 꽃다발로 인사를 대신한다.
타오르는 묵향 눈물이 정한의 날을 말려주고 있다.
질긴 연기의 마지막 춤은 이승의 마지막처럼 유유하다.

망자의 웃음은 남은 이들에게 주는 따뜻한 유언이다.
떠난 이와 남은 이의 얼굴이 겹치며 장례식장을 메운다.
남은 이의 시간 위에 그의 부족한 생을 더하여 위로한다.

주고받는 술잔 속으로 기억들이 부유하며 찰랑거린다.
이별한 이들을 끌어 모으며 앞으로의 이별을 준비한다.
기억을 더듬으며 빈자리 추억하며 한 번은 속으로 운다.

떠난 이의 그런그런 흔적들을 주머니 속에서 꺼내본다.
미처 전하지 못한 미안함이 오래도록 사진으로 남는다.
위로하고자 찾아온 자리에서 오히려 위로를 받는다.

나무 산책

나무 등걸에 몸을 기대고 풍경을 바라보는 일이 많아진다.
가려운 등허리를 나무껍질에 대면 묵은 생을 긁어준다.

사람을 볼 때마다 기우는 마음 더 반듯해지려고 애를 쓴다.
나무에 기대면 나무는 튕겨내지 않고 가벼워서 좋다.

사람에게 기대어도 나무와의 결합을 꿈꾸며 쓸어안는다.
나무에 기댄 몸은 휘어진 나무가 되고 숲이 되어 둥글다.

요즘 어때요

다른 행성을 찾아 밤늦도록 톡톡톡, 톡을 두드려본다.
무심히 들여다보다가 의도적으로 접근해 보기도 한다.
어떠한 하루를 마무리하는지 글을 읽으며 짐작도 해 본다.
프로필이 문득 바뀌기도 하고 아이콘이 순간 바뀌기도 한다.
모르는 척 너스레를 떨다가 위로의 댓글을 쓰기도 한다.
명랑하게 건드려보기도 하고 멀찍이 바라보기도 한다.
삭제하기도 하고 친구 맺기도 하며 특별한 친구를 찾는다.

생태적 삶을 찾아서

새장 안에 새를 넣고 안락함을 꿈꾸라 한다. 투명한 수조 안에 물고기를 넣고 바다를 꿈꾸라 한다. 마른 플라스틱 화분 속에 꾸역꾸역 나무뿌리를 박고 숲을 만들라 한다. 사각의 틀 안에 집어넣고 동그라미 꿈을 그려보라 한다. 꿈을 꾸라고 꿈을 꾸라고 꿈을 꿔보라고 한다. 돌아갈 곳이라 한다.

점점 새의 깃털은 창공을 벗어난 비대한 털이 되고 물고기 비늘은 윤기를 잃고 바다냄새를 구별하지 못한다. 더 깊게 뿌리내리지 못한 나무는 깊음의 아름다움을 알지 못하고 네모난 꿈은 네모 모양을 만들다가 동그라미 꿈마저 지워버린다. 나의 세상을 만들지 못한 시인은 별을 잃는다.

나와 너는 더 사랑하지 못하고 서로의 익숙한 체위마저 잃었다. 옹이에 옹이를 박으면서도 고독하고 우울하다. 퀭한 눈 비대해진 살갗 사랑은 통속이 되고 별은 울지 않는다. 안락한 집 속의 개는 늙어만 간다.

시의 집

　오랜 후(어쩌면) 아주 먼 훗날에(그러한 시간이 도래한다면) 나는 시밖에 쓴 것이 없습니다, 라고 말할 수 있을까. 아주 오래 오랜 후(어쩌면) 영혼이 가야 하는 매 순간의 문 앞에서, 나는 사랑한 것 밖에 없습니다, 라고 명료하게 고백할 수 있을까. 너를 잉태한지 이미 오래였다. 배가 불러왔던 시간들, 탄생의 숭고함을 알리고 싶었던 배가 불러야 돼. 태동을 보내 줘. 열 달 배불러 나온 자식들처럼 자라났을까, 싶은 나는 가난합니다. 스무 살 여자는 고개를 떨군다.

　미안해, 잠깐만 울겠습니다. 잠깐만의 시간 앞에 수없이 퍼 올린 눈물방울들. 꿈을 꾼다는 것이, 꿈을 자궁 속에 잉태해 몸에 붙은 줄기를 떼고 세상에 너를 놓는다는 것이, 이제 가능하기나 한 걸까. 말들의 손이 나오고 발이 나오고 입이 생겨 호흡한다는 것은 어느 때일까. 억척같이 세상을 견디며 서로를 사랑한 날, 요람에 들어앉은 주검은 하늘에 뿌리를 내리고 푸른 물을 먹으며 푸른 호흡을 한다. 더 배부르지 못하고 아이들이 길을 잃고 배회한다. 떠나지 못하고 잊지도 못하고 안착할 곳을 찾는다. 미안합니다, 잠깐만 울겠습니다.

〉

시밖에 쓴 것이 없습니다.

사랑밖에 한 것이 없습니다.

손이 하나 없고, 발이 하나 떨어져나가고, 입은 어디에 있
지, 말을 하고 싶어. 더는 탈 것 같지 않은 심장을 건드린다.
이제 나오겠습니다.

도시 속 날선 소음들

도마 위에 팔딱이는 작은 물고기 한 마리를 보았는가? 발가벗겨진 은빛 비늘 소금 눈물에 녹고 찢긴 아가미 따라 서서히 울리는 생의 장송곡 할딱이는 숨소리조차 날카롭게 도려내며 피 튀기는 도마 위 말들.

좁은 공간 떠다니는 붉은 입술의 현란한 말솜씨 발 빠르게 돌아다니는 옷 벗긴 비밀들 활자를 먹어 치워버린 거인이 된 말

이해의 바다는 멀었다. 욕망하는 인간은 사람을 꺼내고 해부하며 가르고 나서야 만족을 보는,

서정抒情, 손편지 위에 번진 눈물은 별을 헤는 마음은 꽃의 떨림을 듣는 심장은 그대 침묵이 그리운 바다로 가자 그대, 흰 고래가 되고픈 너여.

고백

흰 종이상태로만 살 수 없음을 안다.
무수히 그어지고 칠해지는 순간들이다.
누가 색을 입혀주면 그 색을 입고 산다.
누가 말을 새기면 말이 새긴 대로 산다.
날카롭게 그어지기도 하고 잘려나기도 한다.
쓰레기통으로 던져지기도 하고 찢겨지기도 한다.
투박한 나뭇결에 새겨진 고백들이 희미해진다.
종이는 녹슬고 삐거덕거리고 기억을 잃는다.
슬픈 눈을 가진 남자는 옛 서정의 문장을 남기고,
여자는 화선지 위에 먹물 들던 날들을 기억한다.
다양한 흔적들이 새겨진 몸이다.
당신의 흔적만이 제일 붉고 생생하다.

토마토의 몰락

토마토가 흰 곰팡이꽃 물고 쭈글쭈글해진 채 기어 나온다.
바람 차단하는 신선통에서 야생의 바람과 햇빛을 잃는다.
유혹적인 몸에 맞는 적절한 온도 속 얄팍한 꿈에 젖는다.
척박한 대지에서 스스로 붉었던 혁명을 잊고 부서진다.
피가 철철 흘러도 알지 못하는 건 여전히 알지 못한다.

꺼내주기 바라지 말고 안간힘을 써 걸어 나왔어야 했다.
적절한 마음만 있으면 된다는 안일함에 빠져 있었다.
누구도 웃어주지 않고 아무도 울어주지 않는 무덤 속이다.
머리카락에도 겨드랑이도 거웃에도 곰팡이꽃이 핀다.
다시 필 토마토 생생한 인생이야 산다는 것이 어디 쉽겠어.

| 제2부 |

홍등, 그 붉은 유혹

파리한 낯빛의 사내가 세상 끝 돌아오니 희귀한 연어처럼 옛 서정이 인다. 어둠 속 진리를 찾기 위해 손가락 끝에 핏물이 고이고, 이미 너덜너덜해진 옷깃은 허무의 춤을 추며 땅을 딛지 못하고 서성인다. 내려앉은 어둠 속에서 당신의 등이 말을 걸어오는데 식은 체온 위에 손을 댈 것인가. 간혹, 수음하며 나락으로 떨어지는 텅 빈 안식처, 맞물리지 못하는 생의 두 바퀴 경계선에서 자주 넘어진다. 길을 보여주지 않는 이정표는 거짓의 산실을 여지없이 드러낸다. 겹쳐지지 않는 시선들 또 하염없이 흔들리며 낯선 바람결에 여전히 유혹하는,

사랑중독

나방들이 불 속으로 뛰어 든다. 뛰어들고 날아들며 빛 주변을 빙빙 돈다.

빛 속을 날아야 하는 천형을 간직한 채 알고도 날아들고 모르고도 뛰어든다.

천길 나락을 겁도 없이 뛰어내리고 몇 백도의 불 속에도 주저 없이 날아든다.

불빛 바이러스에 중독된 나방은 불빛을 떠나지 못하고 서서히 타들어 간다.

재 속에 불티를 숨긴 입은 자욱하게 유황 냄새나는 소문으로 멍이 들어간다.

눈 가리고 야옹 한다 그러다 눈을 뜨고도 야옹 야옹한다. 서로를 물고 운다.

때로는 거짓말이 나방을 살리고, 때로는 좋은 말이 나방의 날개를 뜯어낸다.

노란 줄무늬 날개 한 쪽 찾아 나방은 뛰어들고 날아들기를 멈추지 않는다.

사막고슴도치

　목구멍에 가시들이 돋아. 소리가 되지 못한 말이 가시로 진화해. 사막의 건조한 모래바람 속 분홍빛 속살을 숨기고 말을 잃어버린 듯 숨어있는 '나'를 알고 싶어 글을 읽는 것과 글을 읽으며 나를 아는 것과 어떤 것이 바람직할까. 가시들이 근질근질 목구멍을 핥으며 질문을 해대. '비밀이고 싶어' 속살의 말랑함을 보여주고 싶지 않아. 가시를 더 빳빳이 세우고 촘촘히 세워 봐. 말이 되고 싶어. 음흉을 가지고 싶어. 목울대를 긁고 다니는 가시들, '무엇을 찌를까' 찌르려는 가시 하나를 뽑아 꿀꺽 삼키고, 삼켜진 가시는 온몸에 뾰족뾰족 제 살갗을 뚫으며 아우성을 쳐. 그러다 게운 흰 종이 위 새빨간 각혈. 나는 사막고슴도치 한 마리를 키워. 불모의 땅 생명을 유지하기 위해 배운 건 가시를 세우는 것. 다만 그것뿐. 찌를 수 없는 운명을 가진 나는 오히려 나를 찌르며 자위하게 돼. 비밀은 가시를 삼키는 것. 누군가를 사랑한다는 것은 이것이야. 그렇지 않아?

보라, 하고 싶어요

늘어진 등나무 꽃 커튼 아래
보라, 보라, 보라

사랑이니, 그리워서, 섹스하자,
그런 봄 햇살 죽이는 말 말고

벌건 대낮에 '우리 보라 해요' 하면
당신은 알아들을까

달짝이 젖어드는 말
보라 해, 보라 해줘요

오월에 던지는 은근한 고백
우리 오늘 보라, 할까요?

춘곤증 春困症

당신에게로 나있는 숲길을 걷습니다. 길가에 키 낮은 꽃들은 온통 재잘거리고 가볍게 걷는 발등 위로 새들이 내려앉습니다. 커다란 떡갈나무 잎 제 손을 잡고 당신께로 이끕니다. 나는 좀 천천히 걸어보렵니다. 이 풍경을 조금 즐겨보렵니다. 한 그루 나무로 뿌리내리고 있을 당신은 견고할 테니까요. 조금 늦는다 해서 자리를 옮기지는 않을 테니까요. 나를 숨기기도 하고 당신을 비밀스럽게 하기도 하고, 톡톡 내 몸을 투명하게도 하는 안개는 당신 숨결입니다. 투명해지는 속살은 연분홍빛으로 물들기도 하고 노랑나비가 되기도 합니다. 당신의 손바닥 위로 별이 쏟아집니다. 당신의 손이 별빛 안으로 숨습니다. 그 안에서 나는 어린아이가 됩니다. 팔딱팔딱 뛰는 혈관이 황소가 되어 끌고 온 봄입니다.

내가 찾아냈어요. 살아낸 당신의 生이 아름다워요. 나를 먹이시는 당신

미안해요. 봄

손바닥 안 무수한 생채기가 엉킨 실금들이 앙상하다.
군데군데 멍들고 굳은살도 박여 핏빛마저 드러난다.

깍지 낀 손가락을 떼어 놓으니 손끝이 슬슬 아려온다.
살점 박힌 손은 끝내 놓아버린 손을 부끄럽게 기억하겠지.

떨어진 손에서는 혹독한 시간을 이겨낸 꽃들이 필 거야.
버림받은 기억은 다시 오는 봄에 따뜻한 꽃이 될 거야.

갱년기 카페

비바람에 꽃들이 뚝뚝 떨어지는 날 여자는 여자를 만나
여자이야기를 연다.
여자의 비밀들이 새어나올수록 물기 스민 꽃들이 더 선명
한 색채로 일어선다.

절정을 지나 흙으로 돌아가는 날에야 꽃은 비로소 새로운
환희로 몸을 떤다.
순환의 계절마다 지는 것은 지는 것이 아니라 다시 피는
승리임을 안다.

꽃들은 떨어지고 나서야 비로소 꽃으로 피고 다시 열리는
생명의 비밀을 안다.
이별한다는 것은 떠나는 것이 아니라 그들에게로 다가가
는 것임을 안다.

그 남자, 그 여자

남자가 어깨띠를 메고 은근하게 웃으며 잘 좀 봐 주세요,
벌건 대낮부터 들이댄다.

어떻게 알았는지 거리낌 없이 문자도 보내고 수시로 전화
도 하며 대놓고 유혹한다.

그 남자 수상한 눈들의 감시를 받으면서도 과감히 손도
잡고 슬그머니 안기도 한다.

그 여자의 마음속에 한 남자 들어오고 그 남자의 약속으로
마냥 설레는 날이다.

그 남자의 등을 몰래 훔쳐보는 그 여자의 등 뒤에서 달빛이
슬금슬금 웃는다.

고깃집 남자

그 남자 시 쓰는 여자 만나 시처럼 사랑 한 번 해보고 싶단다.
한때 문학소년이었다는 그 남자 어찌 시인이 되느냐 묻는다.

그 남자 돼지껍질 불판에 올리며 가위로 싹둑 자른다.
시 한 편이 노릇하게 구워지고 술잔 속에서 로맨틱해진다.

만찬이 된 시집은 취해서 졸고 시인의 눈이 불그레해진다.
좋은 시 많이 쓰라 고기 한 점 더 얹어주는 이 남자 시인이다.

열대야

나무들이 날선 빛을 끌어안고 대로에 드러눕는다.
타들어가는 열기는 밤을 빨아들이며 거대하게 자라고,
잠 못 드는 밤이 매미의 기다란 울음을 끌어안는다.
도발적 유혹은 한때의 위험한 불장난을 기억해 낸다.
지친 고양이가 고양이를 안고 바다로 가는 버스를 탄다.
포옹은 온몸을 익숙하게 찾아다니는 생의 몸놀림이다.
빛살들이 일렁이고 치맛단 아래 하얀 다리를 밤이 덮는다.

물고기 날다

물고기들은 초저녁 붉은 등 아래서 엉거주춤 춤을 추지요.
수직으로 올라만 가던 그림자를 잘라내 의자에 앉히지요.
술잔은 물고기 한 마리 끄집어내어 차고 날기를 원하죠.
물 만난 물고기 한 마리 언제든 떠오를 기세로 준비합니다.

마주한 물고기들 함께 춤추다가 상대를 먹어치우려 하죠.
뿌려주는 밥 먹고 갈아주는 물을 마시며 물고기는 살다가,
지느러미 자라면 대양의 파도 따라 유유히 헤엄치지요.
뱃속에서 생명 떠오르고 마침내 한 마리 고래 되어 날지요.

여름, 스치다

나무들이 폭염 속 소나기를 꿈꾸며 하늘을 바라본다.
한낮의 더위를 벗어나려 하지만 오히려 해를 끌어안는다.
뜨거운 빗살이 몸을 타고 오르면 팔을 내리고 잠시 쉰다.
새들이 떠난 자리에 그림자 새겨지며 등고선이 꿈틀댄다.

밤낮없이 따끔거리는 것은 그대와의 생생한 흔적이다.
기억의 한 줄이 그어질 때마다 선홍색 피부는 단단해진다.
연리지처럼 살지 않아도 간극으로 아름다울 계절이다.
나뭇잎 흔드는 날은 겨드랑이 간질거리며 다시 움 튼다.

봄길

길 따라 길을 걸으면 그 길 끝에 네가 자리하고 있다.
아름다운 폭군이 되어 무방비로 끊임없이 입을 맞춘다.

나락으로 추락하는 한 줄기 빛은 땅에 닿기 전에 상승한다.
너에게 가는 꽃의 세계이거나 아니면 화엄의 세계이다.

12월에 고하는

고여 있는 것들이여 안녕. 재생산된 모욕의 이름이 겹치지 않는 구별된 마음, 부끄러운 실금 강팍한 의심, 간극을 만들어 낸 말들, 인위적 거짓말을 끊은 카친, 끊겨진 공간의 불빛 뻔한 댓글, 굳은 칭찬과 머뭇거림, 나이에 대한 편견과 집착, 헤픈 감성으로 손 내밀지 못함, 미워하는 누군가에게 고할 때의 가벼움 아니면 너무 무거움 혹은 니힐리즘, 지워야할 이름이 있는 그래서 폐허의 12월은 회상하기에 적절한 시기, 기도문과 몇 권의 시집을 든 시인들이 있는 풍경과 인상, 누군가의 눈빛에 일렁이던 한 봄과의 만남이나 이와 겹쳐지며 내민 손 하나 잡는 것, 누군가를 향한 믿음으로 내가 쓴 글들이 끊임없이 '첫'으로 시작하는 몇 음절, 버킷리스트 몇 개 그리고 카친들의 바다를 기억하는 것, 읽다 만 책과 좋아하는 이들의 이름의 인연, 칼날 같은 스침에도 감사하며 도래한 갱년기, 다가올 시간들과 쓰지 못한 것들과 먼 훗날의 내 이름은 그래도 사람.

몸살

앓는다. 어두운 항아리 속 달그락거리며 허기가 진다.
뾰족한 바늘 통점을 뚫어대고 약기운에 가물가물하다.

더 선명해지고 반복되는 말들은 항생제로도 죽지 않는다.
독하게 살아남은 언어들이 링거 타고 수액 위를 떠다닌다.

바람, 책, 침묵, 당신, 벗, 섬, 믿음, 나무, 가족, 고독, 대숲,
새벽, 비, 꿈, 음악, 비움, 시, 그림자, 하늘, 그대, 섬, 오후,
노을, 그리움, 길, 숲, 서신, 자유, 느림, 동행, 자유, 봄, 시절,
인연, 의미, 해후, 시인이 되고 싶은, 오 나의 시인이여,

투명한 저 수액에 분홍빛 물감을 흥건하게 타고 싶어.
푸석한 머리카락 *끄트머리* 파고들어 꽃 피우고 싶어.

혈관 타고 꽃물 들이는 신열 속에서는 피어도 아프고,
아파도 화들짝 피곤 하는 진홍빛 모란 한 송이 이쁘네.

여자 · 1

정확한 치수로 짜 맞춘 네모난 틀 속의 여자 꿈을 꾼다.
장 속 옷들 숨바꼭질하고 새 샌들은 불러주기만 기다린다.

어느 시인은 슬픔만으로도 충분히 살이 찐다고 하더라.
탄력 잃고 주름 가득 늘어난 몸을 가만가만 찔러본다.

한때는 심장에 꽃이 피기도 하고 새가 날아들기도 해서,
무시로 문득 살리기도 하고 문득 죽이기도 했던 여자.

날카로운 모서리 긁어내고 격조 있는 무늬 그려 넣는다.
부드러운 온도의 무균실 방, 여자가 만든 여자의 세계다.

사각의 틀 점점 둥글게 바뀌고 여자의 몸도 동그래지고,
생각도 의식도 동그란 틈 사이 동그란 눈 뜨고 들여다본다.

푸른 물이 뚝뚝 떨어져 발을 적시고 무릎을 적신다.
모든 세포를 점령한 선 하나 경계의 아슬함을 뒤엎는다.

그러다가 다시 네모를 꿈꾸기도 한다.

그러다가 다시 동그랗게 변하기도 한다.

여자 · 2

여자는 여자에게서 시작되고 남자는 그 여자로부터 분리된다. 여자의 별 남자의 행성이 어둠을 지나 낮을 벗어나 또 하나의 거대한 우주를 생성한다.

지구와 태양과의 거리는 일억 사천구백육십만 킬로란다. 비행기를 타고 태양까지 간다면 약 십오만 시간. 일년이 팔천칠백육십 시간이니 십칠 년 이상이다.

저 행성은 별만큼이나 그리울까. 빛이 오가는 속도 그것이라면 그대 공간에 들어설까.

별은 별의 언어로 행성은 행성의 몸짓으로 충돌하는 탐미의 시간. 폭발하기도 하고 소멸되기도 하고 끌어안고 이별하기도 하여 눈물겨워. 고독했을 그대 자리 살갗이 닿는다고 떨어질까. 붙어버리겠다고 비벼지는 육체의 본질을 밀어내며 정신의 교감은 더 멀기만 하다.

팔 벌려 안지 못하는 등 뒤에서 수음도 했을 생생한 호흡이 필요해. 익숙함과 권태로움의 교차로에서 빠르게 흐르는 여자의 허물 걷어내고 다시 계절을 입는 침대 안의 여자.

교감 중

가슴 시린 맑은 빛, 잠들지 못하는 슬픈 바람 소리
들어 보세요.

잘 보낸 하루의 끝 목구멍 속에 불덩이 이는 시간
만나 보세요.

무릎 꿇는 그리움으로 기어보지만 너 없고 나 없고
우리도 없고.

순간 핀 꽃 한 송이 찰나에 그대와 짧은 호흡 하나
잠시의 머무름이지요.

남아있는 계절

바람이 불어요. 계속해서 이별이 일어요.
슬픔이 슬픔을 모으다 지쳐 지그시 누르다 다시 차올라요.
그것은 노오란 은행잎이 지는 늘 이맘때쯤이지요.

잎 하나 떠나지 못하고 걸터앉는다.
모자란 이야기 나누며 말들이 따끔거린다.
당신을 보낸 건지 스스로 떠난 건지 기억이 없다.

잊었는지도 모르겠다. 보낸 만큼 다시 오지 않는 걸 보면,
사람의 등에도 눈과 입과 마음이 있다는 것을 그때 알았다.

등을 보이던 날, 걷는 등 뒤로 먼저 번진 노오란 잎,
바라보며 바라보며 왜 앞에 있을 때엔 하지 못했을까.
열 손가락의 비밀을 묻어요 더는 마침표를 찍을 수 없어요
이별은 그렇게 하는 것이지요. 조금은 남겨두고,

해바라기

너는 끊임없이 태양빛을 갈구하면서,
뜨거움에 제 몸 타는 줄도 모르고
그림자처럼 따라 붙는다.

척박한 문명 속에 아슬아슬하게 뿌리내린 너는,
까실한 시간을 태우고 채울 수 없는 욕망을 태우고
그러다 죽어갈 운명이다.

너를 말하는 보편적 증명들 이제는 케케묵은 진리가 되고,
까맣게 타들어간 너의 심장 그 빛을 소유할 수 없어
몸 속 알알이 검은 눈물이 맺힌다.

| 제3부 |

봄이 온다

게으른 봄이다. 봄이 온다고 노래하는 입춘. 아직은 아니야, 보도블록 틈새로 눈이 녹아내린다. 오래전 잊지 않고 올 거야 했다가 불쑥 오기도 했던 약속 몰래 지키며, 10여 권의 시집 성급하게는 페이지를 넘길 수 없는 긴 겨울밤이다. 동면의 시간을 잔잔한 호흡으로 견디어내는 봄은 여전히 느리구나. 겨우내 꾸던 꿈이 아지랑이처럼 사라진다. 다시라는 시간이 올 수 없다고 믿은 그 언제쯤, 몰래 숨겨둔 흔한 거짓말 키워내며 허겁지겁 삼킨 그리움. 고백이 준비되지 못한 날것의 정서, 우리들의 봄이 느린 건 아직은 덜 여문 열정 때문인지도 모른다. 느릿하게 기지개를 켜는 길고양이 등으로 잉여의 빛이 쏟아진다. 날이 풀리며 새 한 마리 노래하는 틈새로 달려나올 아이의 웃음이 덮인 연한 초록빛 영역, 봄, 그대 오는 시간이다.

겨울은

겨울이 잎과 꽃을 보내듯 다양하게 이별해야 한다.
바람이 바람을 가두지 않듯 사람은 사람과 이별해야 한다.
나무뿌리처럼 견고하게 사람은 이별하여 또 만나야 한다.

때로는 사람이 그리워 SNS를 한다.
공간 속에 드리워진 서정과 예술이 낯익게 다가온다.
낯익은 이름이 그리워 그의 글과 풍경이 그리워,
여기저기 함부로 기웃거리는 시선이 고독하다.
그러다가 분명한 실금이 그어지는 날에는
그 틈 사이로 허무한 바람이 인다.

외로워서 살껍질이 터지는 겨울나무,
탁탁 터진 껍질 사이로 찬바람이 운다.
작은 새 한 마리 잠깐 머무는 눈빛을 끝내 보내고야마는,
겨울은 오래 머물지 않아도 아름다운 관계.
앙상한 가지에도 봄이 머물 수 있음을
생을 내주는 견고함이 부러운 것이다.

〉

흰 눈이 내리고 바람이 불고,

다시 흰 눈이 내리고 다시 바람이 불고,

겨울에 잉여의 시간은 없다. 봄이 온다.

보리암

열반에 들지 못한 넋들의 진혼곡이다.
한 여름 매미는 지독하게 울어댄다.
해수관음상 옷자락 타고 흐르는 음_音
죽은 자들의 염원이 암벽에 새겨진다.

한 계단 두 계단 돌계단 위에 그림자는 쓰러지고,
바닥에 게워진 허기진 그리움이 풍화에 쪼개진다.
맞물린 손바닥 틈새로 눈물의 기도가 고인다.

집요하게 파고드는 뒤틀린 애욕愛欲,
끝끝내 들러붙는 목마른 고해苦海,
한 생애를 탈피하면 조금은 가벼워질까.
매미의 빈집에서 쏟아지는 두려움의 반영,
하룻길 걸으면서 오늘도 뜨겁다 그대여,

진달래 영토

도심 속 화단 구석에 오그라진 한 잎, 영토를 잃었다.
꽃잎 싸안으며 들여다본 순간, 진달래 먹고 맴맴……
입술을 맞춘 유년의 노래가 스멀스멀 기어 나온다.

고향 산자락에 숨은 소녀를 달콤하게 물들인 소년이,
분홍 뺨을 몰래 비비며 종이 위에 쓴 어설픈 고백이다.
낡은 연애시는 뒤엎어진 영토 위에 마른 꽃으로 핀다.

SNS에서의 일상 엿보기

1,
하루는 기뻐요. 좋아요, 멋져요, 잠시 후 난 슬퍼요.
삼가 고인의 명복을 빕니다.
0.5초의 감정들, 하루의 생각들이 꽤나 다의적이다.

2,
글을 쓰다가 묻는다. 댓글 줘요. 댓글 줘요.
당신의 생각을 줘요. 왜 나에게만 인색한가요.

3,
나쁜 년, 내 사람을 훔쳐가요. 그 여자 방에 가둬요.
저만 봐달라 해요. 사람들이 달려가요.
그 남자도 쭈뼛쭈뼛 머뭇거려요.

4,
늦도록 불 켜진 방 눈이 벌게져 말놀음 해요.
청음증, 관음증, 말들이 미치는 사이 마음을 찾다 잠들어요.

〉

5.

방문객이 몇 백이 넘어요. 좋아요 몇 백 개가 넘어가요.
댓글들이 반짝여요. 왜 마음은 바닥을 기어다닐까요?

6.

나를 보고 있는 건가요?
나만 보고 있는 건가요?

7.

소문들이 떠다녀요. 뒷담화가 헤엄쳐 다녀요.
익숙한 말들 의미 없는 말들 숨이 막혀요. 이제 그만 해줘요.
그 사람은 언젠가 아플 거예요. 나도 아플 거예요.

8.

그와 그녀와 사랑한대요. 휴,

〉

9.

이제 슬슬 문 닫을 때입니다.

당신의 방도 나의 방도 불을 끌 때입니다.

오늘은 여기까지입니다.

지금 사라지는 것들에 대한 예의

내 새끼손가락 하나 그대 손가락에 걸려 나풀댄다.
손바닥 실금 따라 말라가는 손가락 오기로 동여매고,

얄팍해진 손가락에 걸린 얄미운 음모들은 매듭을 짓고,
심장은 누군가의 주문에 걸려 대숲에 떨어지는 비가 된다.

우울한 약속들이 떠다녀 심연을 허덕이는 가난한 맹세,
약속 하나 당신 손가락에 매달려 유효기간을 갉아 먹고,

이별의 말들은 개나 줘버려. 나를 그 말들에 이식시켜 줘.
가시밭길이건 자갈밭이건 나 마디마디 굵게 자라고 싶어.

모호한 감정의 어느 하루

죽은 자가 그리운 건 잘 살아내지 못한 미안함이다.
잘 살겠다고 약속한 무덤가에 꽃을 피우지 못함이다.

꽃이 피기 전 초록잎 솟기 전 눈물 씨 고이 심어놓고,
잿빛 무덤가 물 주지 않고 마냥 바라보기만 하는 까닭이다.

살다가 문득 떠난다는 말도 없이 죽은 이가 그리운 건,
지켜내지 못한 약속이 퇴색하여 못내 미안한 것이다.

하루종일 물기 머금고도 푸석해지는 하늘 올려다보고,
눈뜬 자는 다시 그가 살아내지 못한 생의 시간을 걷는다.

어떤 날 별빛이나 달빛이 어둠 속으로 부서져 내리는 것은,
생과 사의 경계에서 그대가 나를 많이 생각한다는 것이리.

가을 연리지連理枝

때로는 붉게 때로는 은빛으로 뿌리 끝부터 엉겨 붙은 연,
보낼 수 없어 잡을 수 없어 가지 끝까지 퍽도 애달프다.
견딜 수 없는 근원의 비밀 풀지 못해 지상으로 돌출된 연,
분리되지 않는 생 다 담지 못하고 또 끊임없이 흔들립니다.

가을엔 이별하자

오로지 깊은 하늘 향해 몸 부딪치며 흔들어대는 붉은 잎,
씨줄 날줄 엮듯 깊어진 인연줄은 내 그리움의 몸짓입니다.

감물 은은히 배어든 무명 한지 핏빛 찬란한 지난날의 언어들,
갈빛 들이치는 그대 뜰에 살그머니 펼쳐 보이겠습니다.

여름 내내 뜨겁게 익은 정념 속내 어루만지기도 전에,
이별을 노래해야 했던 그곳엔 아직도 바람이 붑니다.

갱년기 스토리

붉은 대화의 모티브가 된 몸 속 구석구석 열꽃이 퍼진다.
혈관을 쓰윽 훑고 지나가는 수줍지 않은 전율은 짜릿하다.

브래지어 후크가 뒤에 있는 건 손끝에 풀려지기 위해서다.
혀 속에 안기는 젖꼭지의 순간 타이밍의 조화로움이다.

이젠 후크가 앞쪽에 있다고? 이런 바람 빠지는 말 같으니.
결국 여자의 로맨스를 뺏아갔다는 게 하찮은 풍문인가?

그녀는 붉고 싶어 빨간 속옷에 빨간 메뉴큐어를 바르지.
잠이 오지 않아 새벽을 걷는 그녀는 남자보다 뜨거워.

눅눅한 몸 안으로 닫힌 귓속으로 꽃들의 노래가 들리지.
심장 달구는 조각기억들이 흐르면 여자의 밤은 다시 깊어.

가을이 소란하다

가을 등을 타고 오는 비에 여자의 뼈마디들이 휘청거린다.
잠시 멈추었다 달아나는 불빛들이 잠을 물고 달아난다.
예고 없이 떠난 어느 시인의 죽음이 사람들을 울게 한다.
손등으로 떨어지는 것들이 점점 많아지는 계절이다.
단풍 소문이 뾰족하게 박히기도 하면서 바스락거린다.
몸을 비워내는 낙엽은 텅 빈 항아리 울음소리를 낸다.
청설모 새벽달 깨무는 소리가 꽃을 뜯으며 꽃잎을 부순다.
칼날은 점점 무디어 가고 꽃의 날에는 푸른 달이 뜬다.
벌어진 밤송이가 후두둑 터져 나오며 길을 떠난다.
알밤 터지는 소리가 남자의 주머니 속으로 울컥 숨는다.

바람의 방문

바람을 타고 오는 것들이 많아집니다. 차디찬 불모의 땅을 횡단하기도 하다가, 여전히 머물지 못하고 떠다니는 섬을 돌아 결국은 그대를 물고 옵니다. 바람은 닿는 곳마다의 사연을 품고 발 닿았던 곳의 얼굴을 살려냅니다. 바람에 묻은 얼굴은 사람의 머리카락에 묻어 붙기도 하고, 가슴에 붙어 붙기도 하고, 손 안에도 입속에도 눈 속에서도 붑니다. 헤어진 사연들이 많은 이에게 가벼이 달라붙습니다. 그럴 때면 바람의 색채는 왜 그렇게 다양한지요. 바람의 주름 속에 스며든 여러 기억들은 한동안 바빴던 서정을 일으킵니다. 가로놓인 경계를 넘어 계속해서 몸을 건드립니다. 결코 가볍지 않게 그대를 써서 보냅니다. 그곳의 바람은 이러했군요. 당신이 좋아했던 자작나무의 숲을 안고 있군요. 타닥타닥 달빛에 나무 타는 소리는 당신이 부르던 노래를 담아내는군요. 당신의 옷자락 속에 담긴 정다운 말을 풀어 놓습니다. 오늘도 여전히 바람이 붑니다.

괜찮아요

건물의 벽에 미세한 실금들이 쭉쭉 뻗어나간다.
몇 계절을 지나며 몸살을 앓던 벽이 물었던 개미를 뱉는다.
검은 개미 한 마리가 무장을 하고 당당히 걸어 나온다
한 무리의 개미들이 순서 없이 그 뒤를 따라 나온다.
목소리를 높이며 자기들의 언어로 법전을 만든다.
저기요, 소문을 보셨나요.
저기요, 소문은 어디서 왔나요.
개미가 개미 한 마리를 삼킨다.
개미가 개미 두 마리를 더 삼킨다.
개미가 개미 한 마리를 물었다 뱉는다.
귀가 부풀어 오르고 표정들이 변해가고
맞물려 터진 흔적들만 낭자하다.
붉어진 담쟁이가 벽을 쓰다듬는다.
큰 목소리를 내지 않고 쓰다듬어준다
말없이 쓰다듬어주는 것만큼 따스한 것이 있을까.
이제 눈이 와도 괜찮아요.
우리는 서로의 머리를 쓰다듬어요.

처음처럼, 감귤처럼

어떤 날엔 머리도 입도 단단해져 조금은 더 순하게 세상을 살려고 해요.

주일만 되면 어머니의 기도는 오랜 들판의 억새 울음으로 바뀌어요.

바스락하는 말을 들으며 도시의 십자가 아래 억새 한 무더기를 심어요.

세상에 이런 남자가 없다던 여자가 헤어지겠다며 울다 웃다 날을 새요.

납작납작하게 썰어진 감귤이 소주병에 들어가 억새의 한숨을 불러내요.

달달한 귤즙이 흘러내리며 여자의 연애를 품고 순하게 번져가요.

말랑하고 부드러운 살갗이 온몸을 풍덩 담그고 단단함을 순하게 만들어요.

처음처럼 순해지자, 더 순해지자, 목구멍에서 주홍빛 알갱이가 쏟아져요.

연애감정을 느껴요

시를 쓰는 것보다 시를 읽는 것에 안도하게 되는 밤이다.
시인은 시로 말해야 한다는 노동이 되는 하루의 끝이다.
시인이 지녀야할 낯선 낭만을 품어보다가 너덜해지는 밤,
새로울 것 없는 문장들을 읽으면서 알아차릴 것이다.
매의 눈으로 분석하며 마침표를 찍을 것이다.
엑스레이로 몸을 찍듯 문장 행간을 여실히 잡아낼 것이다.
시는 이러해야 한다고 구구절절 옳은 말들이 쏟아지겠지.
절절한 연애문장 하나 만들지 못한 시를 흔들 것이다.

우리가 시로 노래하고 싶었던 것들은 무엇이었을까.
가만히 귀를 기울이며 결국은 너였다는 것을 기억해내.
너를 어떻게 비밀스럽게 집어넣고 써볼까를 연구하게 돼.
너를 붙잡고 연애하자고 덤벼들며 시다운 시를 노래할까.
노골적인 가을이 화들짝 놀라 저만치 달아나고,
새벽이 다 지나도록 훔쳐본 시들이 꿈틀대며 일어선다.

네게로 간다

어둠이 내려앉는 천수만에 겨울 새 떼가 우르르 내려앉는다.

새와 새들이 흩어졌다 한 덩어리로 스쳐대며 붉은 울음을 쏟아낸다.

날개와 날개들은 어둠을 쓰다듬고 새의 작은 심장만이 팔딱인다.

포물선을 그리는 새와 새들의 날갯짓에 거대한 일몰이 출렁거린다.

하늘 아래 그려진 새 떼의 지도를 따라 새 떼의 등에 올라탄다.

날개에 깊이 새겨진 당신의 흔적을 따라 가파르게 상승하는 계절이다.

플라타너스의 환절기

가로수 플라타너스 잎들이 계절의 행간을 비집고 후다닥 떨어진다.

한 여름 뜨거움으로 타던 잎은 마른 잔기침을 내며 차가운 반란을 일으킨다.

찬바람에 몸살을 앓으며 곁을 내주지 않는 마음으로부터 툭툭 떨어져 나간다.

당신의 두터운 어깨를 끌어당기고 당신이 늘 읽던 책 속으로 숨어들기도 한다.

낙엽과 낙엽 사이 행간이 들썩이고 당신의 잡히지 않는 표정들이 날아다닌다.

몸 안에 끼인 낙엽들이 우우 소리를 낼 때마다 뼈마디 마디에 갈빛이 든다.

태워지지 않는 낙엽 하나가 허옇게 드러난 뿌리를 물고 긴 겨울밤으로 간다.

겉껍질을 벗어낸 플라타너스 수피 조각들 위로 어느새 당신이 폭설로 내린다.

아파야 별이 뜨는

앓을 때까지 앓아야 한단다. 실컷 앓고 나야 오히려 별을 볼 수 있단다.

아홉수를 넘기는 거라고 아프게 넘길수록 오십에 꽃을 피울 거라 한다.

뼈마디마디를 달구고 두들기고 온몸의 수분이 마를 때쯤이면 더욱 선명해지는 것.

독감이 몸속을 파고들수록 불들이 켜지고 그 사람은 얼음 송곳이 되어 파고든다.

잠복기를 지나 터진 열병은 여자의 머리채를 붙들고 놓지를 않는다.

서로의 경계가 달라붙어 불과 얼음이 녹아내리는 한겨울 밤의 몽상 사이로,

불면의 밤들이 한 백년쯤 이어지고 그제야 더 자라지 못했던 별들이 뜬다.

어두움의 가장 깊은 구멍은 뜨겁고 그 구멍 속에 오십의 여자가 산다.

봄 컬러링

여자의 봄은 꽃을 타고 오지 않는다.
쌓인 먼지를 털어내며 일어난다.
봄볕이 살그머니 커튼을 넘어와 눕는 날
여자는 한겨울 밑그림 위에 채색한다.

남자의 셔츠에는 하얀 벚꽃이 피고
아이 옷에는 개나리가 뛰어다닌다.
후리지아 원피스가 살랑거리며 피고
연둣빛 구두가 엉덩이를 씰룩거린다.
장밋빛 립스틱은 키스의 떨림으로 피고
푸른 물고기 아이섀도는 헤엄을 친다.
손톱엔 아기자기한 제비꽃이 피고
목련꽃 뽕브라자는 젖가슴을 안는다.
여자의 몸 안에는 봄바람이 넘실거리고
바람 든 여자는 그가 오는 꽃길을 걷는다.
지금부터 벌어질 페인팅 애정
너무 늦거나 너무 이르거나 봄. 봄. 봄.

비빔밥

소파 양쪽 끝에 앉아 드라마를 본다.
주인공은 엄마가 되기도 하고 내가 되기도 한다.
어느 땐 젊은 엄마이고 어느 땐 십대의 소녀다.
수많은 조연들이 지나가는 서로 알지 못하는 역할들,
섞이지 않는 기억들을 각색해야 하는 이야기들이 있다.
일방적으로 주인공 역할이 바뀌기도 한다.
아버지가 주연이 되기도 하고 아들이 주인공이 되기도 한다.
드라마 속 주연 여자배우는 주인공이 되고 있을까.
주연인 적이 없던 엄마, 그녀의 기도는 눈물이다.
서운함도 아픔도 눈물도 쓱쓱 비벼지는 비빔밥이다.

제4부

제비꽃

하늘 향해 팔 들어 거리를 재보지만 손끝에 닿는 건 무한의 공간이다. 낮은 키로 올려다본다는 것은 가장 단단하게 본다는 것이다. 빈틈없이 들여다보는 시선은 결코 높음이 부럽지 않다. 결코 작음이 아프지 않게 사실을 본다는 것이다. 자신이 있는 위치와 하늘의 위치 사이에 많은 것을 품고 쉴 수 있음을 보여주는 것이다. 대지와 가장 가까운 거리에서 아주 낮은 자리를 고수한다. 거친 흙 속에 뿌리내리고 주어진 환경을 자신의 영토로 개척한 견고한 생과 마주한다.

네 옆에 누워 시를 읽는다. 길을 걸을 때마다 바닥을 본다. 들려주는 너의 향기를 맡는다. 오늘도 낮은 자리에서 높은 곳을 바라본다. 대지의 낮음을 듣고 지상의 높음을 동경하며 일부러 발돋음 하지 않는다.

능소화

  —J시인에게

여행을 한다. 진해진 화장만큼 때늦은 일탈이다.
57분* 허공에 휘날리는 잿빛 눈가루를 맞는다.
비릿했던 생의 맛을 느낀 후 여물지 않은 배고픈 관능,
속에 마른 젖가슴은 아이의 몫이 된 지 이미 오래다.
새벽녘에 떨어지는 빗방울은 카랑카랑 그녀를 훑어대고,
몸의 세포들이 깨어나기도 전에 다시 널브러진 몸뚱아리.
도시의 잿빛 온기 따라 질척질척 건너오는 빈 영혼의 말들,
그녀의 걸음은 사막 위를 굽은 무릎으로 걷는 낙타가 된다.

아이야, 생生은 살아내는 거야. 붉은 햇살 파고드는,
담장 밖 제 모가지 뚝뚝 따내는 저 핏빛 능소화처럼.
잠시 별이 된 그를 꿈꾸듯 그 꽃의 운명을 기다리듯,

* 57분 : J시인의 시제.

민들레 홀씨

어느새 하얘진 머리 풀며 정처 없는 여행을 꿈꾼다.
바람이 툭, 건드리는 순간 익을 대로 익은 생의 여정.
잊지 못한 다른 생애 속으로 아름다운 비행을 시작한다.

오십에게

정지된 화면 속에서 움직이는 건 여자뿐이다.

오전 내내 놀았던 햇살 자리 바람이 들어와 논다.

외계음 섞인 기계들은 알아들을 수 없는 말만 늘어놓는다.

빨랫줄에 벗겨진 허물들이 한낮의 생생한 흔적을 말린다.

무료하여 책을 펴면 커피향만 움직이며 떠돈다.

소파에 비스듬히 세월을 눕히고 타인의 생을 훔쳐도 보고,

남자에게 말도 걸어보지만 결국 조연도 되지 못한다.

정지된 화면은 저녁에나 깨어 밥 끓는 냄새를 맡는다.

익숙하게 식탁 위에 하루라는 제물을 차리고,

네 개의 의자에게 각자의 편리대로 저녁을 내어준다.

달마다 피던 꽃들이 지면서 여자의 밤은 서서히 길어지고,

새로운 놀이 찾아 낯선 행성 속 팡팡 불꽃놀이 하는,

왜 이렇게 많은 것들이 보이는지 너를 놓은 후이다.

나를 놀게 해, 즐거운 오십아.

다시 꽃으로

바람은 바람의 언어로 말하고 꽃은 꽃의 언어로 듣는다.
겨우내 웅크리고 깊은 잠 들었을 뽀얗게 속살 오른 꽃망울
바람은 오래오래 쓰다듬고 꽃은 그 손끝의 온도를 기억한다.

절정의 날 위해 오랜 시간 품었을 바람만 아는 꽃씨의 꿈
서릿발 내린 달빛 한 줌 강렬하게 내리꽂던 붉은 빛살
바람은 흔들어 깨워 꽃만이 누릴 수 있는 계절을 열고

경계를 넘어선 꽃잎은 오르가즘 앞에 환희의 몸을 떤다
먼 훗날 아주 오랜 후에 꽃은 기억할 수 있을까
바람이 준 최고의 환대와 분홍빛 연정은 부끄러울까.

실금

자꾸만 갈라진다, 벽과 벽 사이 보일 듯 보이지 않게,
조심스레 그어진 초 간극미, 그 안에 숨쉬는 실금.

갈라진 틈새 허무가 일고 들어갈 수 없는 문,
뇌를 가로질러 심연을 긋고 두 다리 두 팔도 자른다.

멈출 줄 모르고 발작하는 검은 줄의 심장소리를 듣는,
섬세한 귀는 없는 건가, 손 끝 체온마저도 꺼져버린,

던지고자 했던 화두는 단단한 벽에 쓰러지고,
별거 없이 무너진 이상의 별 끝도 없이 벌어지는 사이사이,

빈 꿈 잡아먹힌 심장 허공에 나풀거리는 흰 몸뚱아리,
중첩되는 너와 나 이름 모를 꽃나무 아래 무덤이고 싶던,

어딘가엔 비가 오기도 하고 구름 가고 해가 나기도 하고,
그만 덮는다, 무수히 쓰다듬었던 무시로 쏟아지던 언어들.

〉

돌려진 눈물 젖은 동공 가벼이 찢어진 날개 더듬으며,
부서진 욕망의 끝 어딘가에 바람이 불기도, 눈이 오기도.

너에게만이라는

톡톡 터지는 빗방울을 맞으면서
검은 고요가 갈라지고 낡은 비밀이 새어 나온다.

종이 위에 숨겨놓은 부스러기 말들이
방향을 잃고 떠돌다가 물기 머금고 널브러진다.

설마 했던 너의 말은
숨겨진 불안의 얼굴을 일시에 드러내 버렸지.

어떻게 그럴 수 있어.
한숨 섞인 슬픈 넋두리로 바뀌기도 했어.

너에게만이라는, 이런 말은 하지 말아요.
나는 당신의 비밀을 결코 지킬 수 없어요.

발화發話할 것이거든, 그럴 수밖에 없어.
활짝 피기도 전 너무 뻔한 인연이잖아.

이중의 계절

눈비 내리고 비, 비 안으로 스미는 눈, 눈으로 흐르는 비,
마디마디 꽉 조였던 기억이 느슨해져가는 하루의 풍경.

보고 싶어요. 같은 공간을 서성거리고 싶어요. 그리워요.
그대 온기 사라질까 불안했던 날들엔 살갗을 두드려요.

누군가의 행복은 내 슬픔 위로 지나가고,
누군가의 죽음은 내 기쁨 위로 스쳐간다.

오각형 무늬 만들어 밤하늘에 올리면 별이 될 수 있을까.
늘 공존하는 세상 미묘한 간극 사이로 눈비가 춤을 춰.

읽히지 않는 불안한 시집 위에 맹목적으로 복종하며,
도망칠 수도 없는 아름답지 못한 기억이 지나간다.

슬픈 이야기가 슬며시 목구멍으로 파고든다.
똬리 틀고 어딘가에서 붉은 혓바닥을 날름거린다.

기억상실 증후군

겨우내 완성된 퍼즐을 하나씩 벗겨낸다.
한 조각은 그대와 읽은 책 몇 페이지쯤에,
또 한 조각은 나의 몸 어디쯤에,
또 한 조각은 그날 어느 공간에,
한 조각 한 조각 벗겨낼 때마다 가벼워진다.
그을린 자욱, 덧난 흔적,
억지로 꿰매듯 맞춰진 조각들이 속살을 드러낸다.
더 말하지 못한 슬픔, 더 하지 못한 몸짓,
더 싸우지 못한 생의 넘쳐나는 고독들,
선명한 경계의 선들 무뎌지고 끊어지고,
그 자리에 다시 알 수 없는 날개가 나온다.

마지막 퍼즐을 떼어 내기도 전에 너무 가벼워지고,
헐거워진 기억 한 조각은 '어쩌면'이었는지도 모른다.

그 여름의 이별

손끝을 벗어난 깨진 유리조각이 칼날 되어 일어선다.
온몸을 찢는다. 깨진 조각 사이로 얼굴이 이지러지고,
몸뚱이가 기울고 독한 눈빛이 틈틈이 박혀 번뜩인다.

익숙했던 사람과 이별한 날 날선 조각들은 살아난다.
기억과 약속과 체온을 그어대는 상처마다 피가 고인다.
말이라도 할 걸 그랬다. 제대로 된 유리 같은 말들을,

갈 빛에 타는 샐비어 붉은빛 뜬금없이 뿜어내는 핏줄기,
현기증이 인다. 따끔거린다. 뚝 잘려 나간 유리조각 하나.

이름과의 이별

그 앞에 잿빛 비석을 세우고 지난 시간들로 봉분을 덮었다.
기억의 싹이야 나겠지, 너무 밝은 꽃은 피지 말기를 빈다.
새 언어를 배우듯 신기했던 고유성의 명료함이 사라진다.
묻었다. 묻은 자리에 다시 빨간 무늬를 그려 넣는다.
가로로 한 획 세로로 한 획 경건하게 아주 슬프지 않게,
봄날 꽃잎 가볍게 떨어지듯 의미가 진다는 것은 그런 것,
벌써여야 했다. 무덤들이 분분하다.

부석사浮石寺를 오르며

매미는 탈피의 시간 서러워 계절 내내 지독하게 울어댄다.
무엇을 또 물으려는지 앞 다투어 뜨거운 생애를 몰아댄다.

태고의 신비 안은 부석사 돌계단 오르는 내내 너무 지리해.
그대에게 가는 길 끌어안고 나도 사뭇 울고 싶어졌다.

현세에 겹쳐지는 그대 시간 내 기도소리 다해 가 닿으면,
시린 내 사무침도 사라진 아름다운 기억도 합장이 될까.

철저하게 생에서 배재된 부제밖에 안 되는 시절 인연들,
아프시기도 한가요 그대 외면당한 그 자리 생채기도 돋나요.

결 고운 처마 끝 우아한 자태 생애를 바치고 자연에 순응한,
한 터럭도 모난 옹이 없는 마음으로 내 남은 생애도 고와질까.

경포대

P호텔 610호 밤의 밤바다는 흑백의 몸트림으로 저항한다.
파도를 넘을 수 없다는 금기를 보여주는 굉음이 괴기하다.
희번덕거리는 금기의 푸른 선 심연의 어둠이 두려워,
숨길 수 없고 손댈 수 없는 진실을 해변에 써놓고 묻는다.
단번에 덮어버리는 너는 밤새 속울음으로 태동한다.
숨죽이고 기다리는 나는 그 붉음을 온몸으로 끌어안는다.
숱하게 빠지고 싶었던 생의 금서를 태운다.
지독히도 고요한 여명은 펜텀*의 바리톤 영역이다.
차라리 감미롭기까지 한 폭풍의 밤을 보낸 바다새,
쏟아지는 나의 기억들이 종이 위에 구겨져 널브러진다.

* 뮤지컬 '오페라 유령'에 나오는 펜텀의 목소리.

한여름 밤의 축제

밤의 동공에 부셔지는 음악 흔들거리는 미완의 몸짓,
서로의 몸을 문대는 웃음소리 한여름 태양의 잔재,
어둠의 옷깃 풀어 헤치고 합일되는 혀 불꽃의 정사情事,
세상과 격리된 달빛 타고 섬광처럼 스치는 찰나의 시선,
온몸 속속들이 그대 눈빛 뜨거운 입맞춤으로 살라진다.
감겨드는 내음 파고드는 심장소리 한 호흡도 놓칠 수 없어,
초음의 시간들 기억해 달라고 기억해 달라고,
허공에 흩어지는 손사래 어디에도 없는 너의 말은
그렇게 사실로 오지 않았다. 다만 한 언어로 왔을 뿐,
한 줌 잿빛 가루 속에 감추어진 비밀은 봉인이 되고,
그 기억이 여는 축제의 막은 내리고 사랑은 잠적했지.
때로는 낙엽에 덮이기도 하고 눈이 내리기도 하면서.

꽃게의 세계

갑옷으로 무장하고 푸른 바다를 안고 산다.
몇 억 년 전부터 그리 살아온 운명이다.
도시에서의 시간은 바다를 여행하는 것과 같다.
언제 폭풍우가 세계를 바꿔놓을지 모르는,
아침 출근길은 모두가 무장한 군인이다.
눈치껏 하루를 단단하게 고정시킨다.
언제 쓸려갈지 모르는 몸뚱아리다.
안으로 삭히다 물렁해진 몸의 짭쪼롬한 세상이다.
파도에 몸을 맡겨도 깨지지 않고 살아나려면,
더 단단해져야 한다. 더 감추어야 한다.
옆으로 걷는다 해도 방향을 잃지는 않는다.
하루를 소금물로 저장하고 나면 느슨한 저녁,
갑옷을 벗고 싶은 유혹의 시간이 온다.
붉은 노을의 시간 앞에 자신을 연다.
딱 맞게 조여진 갑옷 사이로 흘러내리는 짠물,
갑옷을 벗고 모래 속에 눕는다

그대의 꽃씨

나선형의 몸짓 완벽한 가벼움이 나린다.
손등으로 발등으로 어깨 위로 내려앉는 그대는,
겸손으로 묵직하게 짓누르면서도
아프지 않은 순종을 알게 합니다.

수북이 쌓이는 그대의 흔적들 나를 덮고
까맣게 태워지는 몇 계절을 인내한 잎새 한 줌,
바스락 바스락 뜨거운 죽음을 맞이합니다.
결국 떠나지 못하는 것은 없습니다.

나는 다시 채움의 시간을 맞이합니다.
그것은 봄에 피우라 남겨주신 꽃씨였으니,
아직 떠나는 길 서럽지 않아 참 다행입니다.

잠들지 않는 무게감

흰눈은 밤새 세상의 고요를 만든다.
나무를 잠재우고 숲을 잠재우고 거리를 잠재우고,
몇 줄 언어를 잠재우고 오랜 불면을 잠재운다.

한 번쯤은 새벽에 떠나고 싶다.
밤새 덕지덕지 눌러 붙은 문장을 떼어내고,
누런 살갗에 매달린 세월 한 꺼풀 벗겨내고,

풍경 앞에 현기증이 인다.
도도하게 모든 사물을 감싸 안은 순결함,
내 안의 어둠을 투영시킨다.

유폐된 기억을 내주지 못한 그늘진 정서,
오래된 얼룩을 선명하게 드러내는 과오들,
미치도록 쓸쓸한 폐허에서 다시 잠들고 싶다.

그 여자, 가부좌 튼 달력

몸에 구멍을 내고 벽의 정면에 보란 듯이 박혀있다.
삼백육십오일 자신의 자리 변함없이 지켜내고 있다.

빠알간 동그라미 속 이름들이 끊임없이 요구한다.
가끔은 옷을 벗어던지지만 오랜 시름으로 남는다.

이름들은 대부분 허락 없이 들어와 자유롭게 산다.
봄이 지나가기도 하고 한낮의 빛살 뜨겁기도 했다.

몸살이 날 때는 두세 장씩 한 번에 떼어내기도 한다.
돌돌돌 몸 말아 구석에 앉아보기도 하지만 여전하다.

누런 세월의 옷 입다가 결국은 한 생애를 몰아쉰다.
마지막 한 장 휑하니 떠날 때는 가부좌 튼 부처가 된다.

사연은 비슷하지만 떼어낸 자리에는 햇살이 눕는다.

말의 신호

말은 말을 듣고 말을 먹고 말을 토하고 말을 싸고 말로 울고 말을 던진다.

말이 말을 타고 말을 넘어 말을 옮기고 말을 안고 말을 버리고 말을 건다.

말장난하는 말이 좋으냐고 묻다가 어느새 말에 빠져 말을 좋아하게 된다.

말머리를 돌리고 말스럽게 말하다가 말로 헤어졌다가 말로 밤을 지새운다.

말을 써야지 당신이 들려준 말로 글을 써야지 글을 쓰다 말을 해야지.

밤새 말을 들려달라고 말꼬리를 흔들고 말을 안고 말로 말을 낳아야지.

말들이 익어가는 계절의 시작, 보낼 말들을 엮어 가을 햇살에 널어둔다.

말이 체온을 필요로 하는 날 위로받고자 하는 마음 위로 말들이 쏟아진다.

그대 마음을 봅니다

한 날 오후 댓돌 위에 내리는 따스한 한 줄기 햇살처럼,
그리 녹이는 미소가 입가에 번지기를 바래. 웃기를 바래.

때로 생의 고단함 내려놓고 타인과의 움켜잡은 손 놓고,
그저 당신만의 행복만 존재하는 하루이길 바래. 행복해.

매일 쏟아붓는 사랑 속에 가장 순한 사랑의 결정체로,
당신만 온전히 감싸는 체온이 있기를 바래. 사랑 받으며.

세상은 그나마 살만하다고 당신 옷깃 살랑 흔드는 바람,
젖은 손길이라 위안 받으며 남은 생도 잘 살아내기를 바래.

말, 여자. 사랑, 그리고 별이 뜰 때까지
—우중화 시세계

손현숙 | 시인

우중화 시인의 시편들은 젖은 불꽃처럼 뜨겁고도 차갑다. 아마도 겨울 눈밭에 제 모가지를 부러뜨리는 붉은 꽃처럼 제 속을 제가 끓이면서 속절없이 시를 사는 듯하다. 그녀의 시편 속에는 말과 사랑과 여자와 이별, 그리고 꽃들이 지천이다. 그런데 꽃들을 자세히 들여다보면 아주 낮거나 높은 지점의 시선에서 머문다. 그리고 그런 낮거나 높은 위치에서 바라보는 상념들은 슬픔으로 육화된다. 특히 그녀의 시 속에서 강점으로 작용하는 우중화, 저마다의 풍경은 색깔과 소리가 동반된 그녀 특유의 파롤Parole이 형성된다. 말들로 지어진 그녀 특유의 세상에서 말, 즉 언어는 사회적이고 체계적인 측면의 랑그Langue를 조금 빗나간 아주 구체적이면서도 개인적인 파롤을 구사한다. 그럼에도 불구하고 이런 다양한 파롤, 즉 말의 구사를 가능하게 하는 것은 그녀가 세상을 완전히 등지거나 외면하지 않은 시인의 자세, 즉 랑그에 관하여서도 깊은 관심을 기울이기 때문이다. 그러나 삶을 살면서도 삶에 관하여서 살짝 냉소적인 자세를 취하는 그녀의 시편 속에는 묵음 같기도 하고, 속엣 말 같기도 한 말줄임표에 해당하는 여백들이 종종 등장한다. 그렇게 산책자의 자세로 그것들의 행간을 따라가다 보면 시인의 발화점인 상실이 만져지기도 한다. 특히 우중화의 시편 속에서 전경후정을 묘사한 장면들과의 조우는 사람을 살게 하는 의리나 정의를 배면에 짙게 깔아 놓았다. 그것은 시인이 의도를 했건, 하지 않았건 어쩔 수 없이 시편들에 녹아나는 시작 과정의 운명일 것이다. 특히 말, 즉 개인의 파롤에 관하여 깊이 고민하는 우중화의 시편들 속에는 세상의 모든 것들이 말들과 연을 맺는다. 그녀는 마치 세상의 패러다임을 바꿀 수 있는 것은 오직 말 뿐이라는 생각을 비상처럼 가슴에 품은 듯 말들에 천착을 한다. 그래서 그런지 그녀의 말, 즉 시편들은 시간과

장소를 가리지 않고 출범한다. 여행자가 걸어가는 방랑의 길에서는 물론 열대야 속에서도, 나비의 꽃술 속에서도, 보리암의 정경 속에서도 문득, 문득 모습을 드러내 보인다. 그런데 이상도 하지, 그녀의 마음 안 하늘 속에서 뜨는 별의 모습들은 한결같이 뜨겁다. 그리고 어김없이 아프다. 이번 생에 만난 모든 것들과 실컷 살아보고 싶은 욕망을 내포하는 시인의 시편 속에는 삶과 사랑과 이별이 꽃처럼 왔다 간다. 그러나 그녀의 이별은 죽음 의식과는 조금 거리가 먼 생성을 위한 위반이다. 그 위반의 속도를 조금씩 따라가면서 우중화의 시편들을 심도 깊게 읽어보기로 한다.

말

말은 말을 듣고 말을 먹고 말을 토하고 말을 싸고 말로 울고 말을 던진다.

말이 말을 타고 말을 넘어 말을 옮기고 말을 안고 말을 버리고 말을 건다.

말장난하는 말이 좋으냐고 묻다가 어느새 말에 **빠져** 말을 좋아하게 된다.

말머리를 돌리고 말스럽게 말하다가 말로 헤어졌다가 말로 밤을 지새운다.

말을 써야지 당신이 들려준 말로 글을 써야지 글을 쓰다 말을
해야지.
　　밤새 말을 들려달라고 말꼬리를 흔들고 말을 안고 말로 말을
낳아야지.
　　말들이 익어가는 계절의 시작, 보낼 말들을 엮어 가을 햇살
에 널어둔다.
　　말이 체온을 필요로 하는 날 위로받고자 하는 마음 위로 말들
이 쏟아진다.

—「말의 신호」, 전문

　　위의 시에서 주어는 '말'이다. 말이 말에게 말을 시키고,
말은 말에게 말을 건다. 세상의 시작과 끝이 모두 말로 이루
어져 있어서, 말은 결국 말들을 낳고 말들로 밤을 새우기도
한다. 말과 말이 꼬리에 꼬리를 물고 풍성해진 세상은 말들
로 계절을 맞이하고, 다시 말을 엮어서 글을 쓴다. 결국 화자
는 말들로 글을 쓰면서도 말을 한다. 종성 자음에 유음인
'ㄹ'이 연결되면서 말과 말은 경쾌하게 말처럼 다음 문장을
이어간다. 화자는 "말머리를 돌리고 말스럽게 말하다가 말로
헤어졌다가 말로 밤을 지새운" 어제의 당신에게 다시 "당신
이 들려준 말로 글을 써야지" 하면서 자신을 가열차게 불러
세우기도 한다. 말들의 향연처럼 말로써 지어진 위의 시는

말을 업으로 삼는 시인의 지고한 결기이기도 하다. 왜냐하면 시의 첫 문장인 "말은 말을 듣고 말을 먹고 말을 토하고 말을 싸고 말로 울고 말을 던진다."는 것은 말로 세상의 첫날과 끝 날을 살아보겠다는 시인의 결의이고 다짐이기 때문이다. 그러나 더러는 "말을 넘어 말을 옮기고"처럼 화자는 말에게 배반을 당하기도 한다. 그렇다면 당신이 들려준 말은 또한 무엇이었을까. 아마도 "말로 헤어졌다가 말로 밤을 지새운" 말의 상처였을 것이다. 그럼에도 불구하고 시인의 운명이란 "말을 써야지 당신이 들려준 말로 글을 써야지 글을 쓰다 말을 해야지."이다. 말로 받은 상처도, 말로 지은 말장난도 화자에게는 모두 "글을 써야지"로 환원이 된다. 말로 지은 글을 쓰다보면 "위로받고자 하는 마음 위로 말들이 쏟아"지 겠지만. 시인이여, 이 무서운 운명 앞에서 오늘도 무사히 안 녕하신가. 풍성한 말로 지은 시인의 세상이 오늘도 평안하시 길, 아니 평안하지 말아서 기어코 "가을 햇살에 널어둔" 시인 의 마음 안 하늘의 세상을 풍요로운 말들로 꼭 이룩하시길.

바싹 말라 화석이 된 멸치가 생생한 육수를 뿜어낸다.
건조한 아침 달래며 탱글탱글 살 오르고 비늘도 번뜩인다.
뜨거운 뚝배기가 그렇게 살지 못한 멸치를 끌어안는다.

밤새 말랑해진 말들이 풍덩풍덩 뛰어들며 뜨거워진다.
고등어 한 마리가 품어 온 바다가 온통 넘실거리며 웃는다.
화분 속 마른 꽃이 숭숭 썰어지다가 귀한 잎을 피워낸다.

짓이기던 말들이 밥이 끓듯 넘치며 잠든 풍경을 깨운다.
지난 밤 옹이를 박던 뜨거운 남자는 다시 탱글탱글하다.
밤의 주문을 풀고 박제가 된 나비를 뜯어 날린다.

                              ─「주문을 푸는 여자」, 전문

　위의 시 「주문을 푸는 여자」는 시인의 표제작이기도 하면
서, 말에 경도된 시인의 지극한 사상이기도 하다. 일상을 살
아가는 과정에서도 시인은 '말'에 관하여 단 한시도 마음을
놓은 적이 없다. 시의 정황은 단 한 장면이다. 여자가 부엌에
서 먹거리를 준비하는 하나의 단순한 장면 속에서 시인은
말에 관하여 상념에 잠긴다. 지금 시 속의 화자는 아침을
준비하고 있는 중이다. 불이 살아있는 주방에서 시인은 지금
누군가를 위한 식사를 준비 중이다. 음식의 조리 과정을 자
세히 설명하는 듯한 위의 시는, 그러나 조리 과정 속에서
시인이 깨닫게 되는 말에 관한 실천적 깨달음이다. 화자는
제목 「주문을 푸는 여자」가 시사한 것처럼 마르고 건조해진
만물의 형상을 말로 깨우고 싶은 열망을 보인다. 그것은 "바

싹 말라 화석이 된 멸치"이기도 하고 "건조한 아침"이기도 하면서 "짓이기던 말"이자, "옹이를 박던 뜨거운 남자"이기도 하다. 이런 현상은 간밤이거나 혹은 지난날들의 매끄럽지 못했던 모든 것들이 말이 풀어지는 것처럼 말짱하게 풀어지기를 간구하는 화자의 마음이기도 하다. 결국 화자는 말이 세상의 모든 것을 깨울 수 있다는 믿음 하나로 세상의 첫날을 시작하고 싶은 것이다. 무엇이 이렇게 화자로 하여금 말을 믿게 하였을까. 그것은 차차 시를 읽어가면서 풀어보기로 하고, 화자는 불 앞에서 계속 상념에 잠긴다. 지금은 화자가 다만 뚝배기에서 팔팔 끓는 물에 멸치 한 소끔을 넣고 기다리는 시간이다. 그리고 연을 띄워서 다음 연에서는 지옥처럼 뜨거워진 멸치 육수에 말들을 쏟아 부어 살리는 장면을 "말들이 풍덩풍덩 뛰어들며"로 묘사한다. 그러자 다음 행에서부터 거짓말처럼 "웃는다", "피워낸다", "깨운다", "탱글탱글하다", "날린다",로 장면을 완전히 바꾼다. 이것은 사실 죽음을 경험한 어떤 대상이 다시 부활하는 것처럼 화자에게는 신비롭고 경이로운 커다란 경험이다. 주로 경험을 발화하는 시인의 시작법에서 「주문을 푸는 여자」의 발화는 시인이 시를 쓰는 자세를 통섭하는 모습이기도 한다. 화자가 경험하는 기적이란, "옹이를 박던"상황이 "나비"로 부활하는 감동

이자, 팔팔 끓는 물을 통과해야 가능한 죽음의 대가이자 고통의 산물이 결국 "말"이라는 전언도 내포한다.

혀끝으로 핥던 말 같지 않은 말들은 가슴속에서 꺼낸다.
심장에 박힌 모래알들은 오랜 시간 생채기를 만들어낸다.
—「이후로 오래」, 부분

고여 있는 것들이여 안녕. 재생산된 모욕의 이름이 겹치지 않는 구별된 마음. 부끄러운 실금 강퍅한 의심, 간극을 만들어 낸 말들, 인위적 거짓말을 끊은 카친, 끊겨진 공간의 불빛 뻔한 댓글.
—「12월에 고하는」, 부분

누가 말을 새기면 말이 새긴 대로 산다.
날카롭게 그어지기도 하고 잘려나가기도 한다.
쓰레기통으로 던져지기도 하고 찢겨지기도 한다.
—「고백」, 부분

더 선명해지고 반복되는 말들은 항생제로도 죽지 않는다.
독하게 살아남은 언어들이 링거 타고 수액 위를 떠다닌다.
—「몸살」, 부분

시인의 전 생애는 말들로 규정되어진다. 시는 말로 그려진 그림. 언어는 헤매는 육신에 깃든 신인 것이다. 타자로부터 온 말의 전언은 시인의 생애를 쓰러뜨린다. 아니 살리기에도 충분하다. 말에 기대어 사는 인생은 돈에 기대어 사는 인생보다 엄혹하다. 그런데 왜 시인은 돈도 되지 않는 말에 이토록 전도되는 것일까. 그것은 운명. 우중화 단독자의 운명인 것이다. 한 생에 딱 한 목숨만 허용이 되듯, 이번 생은 그렇게 아찔한 시인으로 살다가라는 어느 높은 곳에서의 전언인 것이다. 위의 네 편의 시들은 모두 말들로 생채기를 입은 별, 즉 말들이다. 혀끝에서 맴돌다가 결국 토설되어진 말들은 "오랜 시간 생채기"를 만들어서 화자의 가슴에 모래알로 서걱인다. 그렇게 오래 이후로도 오래 말을 앓던 화자에게도 어김없이 시간은 12월을 고하기도 한다. 한 해의 마지막을 알리는 12월에 화자는 "고여 있는 것들이여 안녕"이라는 말을 전하고 싶다. 모든 모욕과 오욕칠정에 관하여 이별을 고하고 싶은 심경인 것이다. 그러나 화자는 알고 있다. 시인의 운명이란, 누가 규명하면 규명한대로 "누가 말을 새기면 말이 새긴 대로 산다."로 결국 귀결되는 것임을. 그리하여 시인이여, 더 이상 상처받지 말라는 말은 하지 못하겠다. 그것으로 또 힘을 얻어 앞으로 나아가야 하는 것이 시인의 운명이었음을. 화자는 "더 선명해지는 말, 말, 말들은 항생제로도 죽지 않는다./독하게 살아남은 언어들이 링거 타고 수액 위를 떠다닌다."처럼 한바탕의 몸살을 앓고 단 한 편의 시를 위해 목숨을 담보하고야 만다.

목구멍에 가시들이 돋아. 소리가 되지 못한 말이 가시로 진화해. 사막의 건조한 모래바람 속 분홍빛 속살을 숨기고 말을 잃어버린 듯 숨어있는 '나를 알고 싶어 글을 읽는 것과 글을 읽으며 나를 아는 것과 어떤 것이 바람직할까' 가시들이 근질근질 목구멍을 핥으며 질문을 해대. '비밀이고 싶어' 속살의 말랑함을 보여주고 싶지 않아. 가시를 더 빳빳이 세우고 촘촘히 세워 봐. 말이 되고 싶어. 음흉을 가지고 싶어. 목울대를 긁고 다니는 가시들. '무엇을 찌를까' 찌르려는 가시 하나를 뽑아 꿀꺽 삼키고, 삼켜진 가시는 온몸에 뾰족뾰족 제 살갗을 뚫으며 아우성을 쳐. 그러다 게운 흰 종이 위 새빨간 각혈. 나는 사막고슴도치 한 마리를 키워 불모의 땅 생명을 유지하기 위해 배운 건 가시를 세우는 것. 다만 그것뿐. 찌를 수 없는 운명을 가진 나는 오히려 나를 찌르며 자위하게 돼. 비밀은 가시를 삼키는 것. 누군가를 사랑한다는 것은 이것이야. 그렇지 않아?

―「사막고슴도치」, 전문

화자는 지금 말들로 몸살을 앓는 중이다. 하루라도 말을 재료삼아 문장을 짓지 못하면 가시가 돋아 제 몸을 제가 태운다. 그런데 화자는 그 가시로 "불모의 땅 생명을 유지하기 위해 배운 건 가시를 세우는 것. 다만 그것뿐."이라고 한다. 그것뿐만이 아니라 마지막 행에 와서는 그것이야말로 "누군가를 사랑한다는 것은 이것이야. 그렇지 않아?"라는 타자를 향해 반문하기도 한다. 그렇다면 화자의 사랑법은 구체적으로 어떤 것일까. 시의 전언은 너무나도 처절하게 "온몸에 뾰족뾰족 제 살갗을 뚫으며 아우성을 쳐. 그러다 게운 흰 종이위 새빨간 각혈"이라는 것이다. 그러니까 제 몸의 가시는 타자를 겨냥한 것이 아니라 결국 자기 자신을 겨냥한 극약처분인 것이다. "찌를 수 없는 운명을 가진 나는 오히려 나를 찌르며 자위하게 돼. 비밀은 가시를 삼키는 것"으로 사막고슴도치 같은 시인의 운명을 단도로 직입하듯 일갈한다.

사랑과 이별

늘어진 등나무 꽃 커튼 아래
보라, 보라, 보라

사랑이니, 그리워서, 섹스하자,
그런 봄 햇살 죽이는 말 말고

벌건 대낮에 '우리 보라 해요' 하면
　　당신은 알아들을까

　　달짝이 젖어드는 말
　　보라 해, 보라 해줘요

　　오월에 던지는 은근한 고백
　　우리 오늘 보라, 할까요?
　　　　　　　　　　　　　　　－「보라, 하고 싶어요」, 전문

　화자가 하고 싶은 것은 보라, 보라라고 발음하는 것이다.
이렇게 발화를 하고 나면 화자는 온몸에 보라물이 들어 당신
을 원하기도 한다. 위의 시에서 매력적으로 발화하는 "보라"
이 발화를 당신도 따라해 보시라. 보라, 보라, 보라, 등나무에
핀 등꽃의 보라,는 커튼처럼 세상과의 격리에 충분하다. 당
신과 나란히 앉아서 보라,를 감상하고 싶은 화자는 "벌건
대낮에 '우리 보라 해요' 하면/당신은 알아들을까" 하면서
능청을 떨기도 한다. 그리고 더 직접적인 언사로 "보라 해,
보라 해줘요."로 적극적이 되기도 한다. 왜냐하면 지금은 "봄
햇살 죽이는" 오월이니까. 누군가에게 고백을 해도 죄가 되

지 않을 보라의 계절이니까. "보라" 이 찬란한 개방음은 꽃처럼 피어서 "사랑이니, 그리워서, 섹스하자."로 자신을 적나라하게 보여주기도 하고 "우리 오늘 보라, 할까요?" 고백을 하기도 한다. 모두 5연 10행으로 이루어진 음악 같은 「보라, 하고 싶어요」는 시인을 화자로 착각하게 만들면서 은근히 시인의 얼굴을 그리게 하는 마력이 있다. 멋지다.

어둠이 내려앉는 천수만에 겨울 새 떼가 우르르 내려앉는다.
새와 새들이 흩어졌다 한 덩어리로 스쳐대며 붉은 울음을 쏟아낸다.
날개와 날개들은 어둠을 쓰다듬고 새의 작은 심장만이 팔딱인다.
포물선을 그리는 새와 새들의 날갯짓에 거대한 일몰이 출렁거린다.
하늘 아래 그려진 새 떼의 지도를 따라 새 떼의 등에 올라탄다.
날개에 깊이 새겨진 당신의 흔적을 따라 가파르게 상승하는 계절이다.

−「네게로 간다」, 전문

위의 시, 보라 할까요? 라고 당돌하게 다가서는 화자에게 이별이 당도한 모양이다. 아니 어쩌면 처음부터 화자에게 당신은 이별, 이별을 위해 한 걸음씩 걸어갔던 외로운 행보였을지도 모른다. 화자가 지금 서있는 땅은 "천수만"이다. 이곳은 우리나라에서 가장 큰 철새의 도래지이고 또한 작은 섬들이 많아 대형 선박의 출입이 어려운 곳이다. 화자가 왜 여기까지 흘러왔는지에 대하여서는 시의 정황상 추정이 어렵다. 다만 화자는 지금 망연하게 "어둠이 내려앉는 천수만에 겨울 새 떼가 우르르 내려앉는"이라는 발화로 내려앉는 가슴을 새들로 치환하여 묘파한다. 한때는 한 몸이었다가 "흩어졌다 한 덩어리로 스쳐대며 붉은 울음을 쏟아"내는 새들의 군무에 화자는 "새의 작은 심장만이 팔딱인다."로 아름답지만, 어딘가로 떠나야 하는 새들의 장관을 그저 바라보는 심경이다. 그리고 지금은 "새들의 날갯짓에 거대한 일몰이 출렁거"리는 어둠의 시간이다. 곧 밤이 당도할 것이고, 그러나 화자는 이별에 대한 강한 거부의 몸짓을 보여준다. "날개에 깊이 새겨진 당신의 흔적"은 이맘때쯤이면 생채기로 더욱 더 덧나는 시간을 환기시킨다. 화자는 새와 자신과 시인을 상호 치환하여 "가파르게 상승하는 계절"로 제목인 「네게로 간다」의 의사를 강하게 표명한다.

길 따라 길을 걸으면 그 길 끝에 네가 자리하고 있다.

아름다운 폭군이 되어 무방비로 끊임없이 입을 맞춘다.

나락으로 추락하는 한 줄기 빛은 땅에 닿기 전에 상승한다.
너에게 가는 꽃의 세계이거나 아니면 화엄의 세계이다.
―「봄길」, 전문

아름다운 봄날, 마음 안 하늘에 깊이 간직한 너를 생각하는
것은 인지상정이다. 그런 것을 시로 묘파한다는 것은 굉장히
위험한 선택이다. 그런데 위의 시에서 화자는 "길 따라 길을
걸으면 그 길 끝에 네가 자리하고 있다."로 쉬운 길을 선택하
는 듯하다. 그러나 다음 행에 이어지는 "폭군", "무방비",
는 시의 행보를 밝음에서 그늘로 인도하는 하나의 전략으로
성공한다. 봄길에서 화자가 느닷없이 만난 것은 "한 줄기
빛"이고 이것은 너무나 산연하게 가슴을 저미는 "땅에 닿기
전에 상승"하는 사랑의 속성이다. 그렇지 않은가, 사랑은 이
상한 게임이어서 많이 기다리는 사람이 결국은 승리를 하는
무서운 비밀을 안고 있다는 것. 화자는 이런 사랑의 법칙들
을 알아서 오래 기다리기로 작정한 모양이다. 그렇지 않다면
어떻게 봄길이 "너에게 가는 꽃의 세계이거나 아니면 화엄
의 세계이다."로 귀결 지을 수 있을까. 부디 오래 기다리고
아팠던 화자에게 이별이 아닌 봄날 꽃 같은 사랑이 당도하기

를. 그것이 오래 아팠고 흔들렸던 사랑의 게임에서 이기는
법칙이기를.

　　가슴 시린 맑은 빛. 잠들지 못하는 슬픈 바람 소리
　　들어 보세요.

　　잘 보낸 하루의 끝 목구멍 속에 불덩이 이는 시간
　　만나 보세요.

　　무릎 꿇는 그리움으로 기어보지만 너 없고 나 없고
　　우리도 없고.

　　순간 핀 꽃 한 송이 찰나에 그대와 짧은 호흡 하나
　　잠시의 머무름이지요.
　　　　　　　　　　　　　　　　　　　　　－「교감 중」, 부분

바람이 불어요. 계속해서 이별이 일어요.
슬픔이 슬픔을 모으다 지쳐 지그시 누르다 다시 차올라요.
그것은 노오란 은행잎이 지는 늘 이맘때쯤이지요.

잎 하나 떠나지 못하고 걸터앉는다.
모자란 이야기 나누며 말들이 따끔거린다.
당신을 보낸 건지 스스로 떠난 건지 기억이 없다.

잊었는지도 모르겠다. 보낸 만큼 다시 오지 않는 걸 보면,
사람의 등에도 눈과 입과 마음이 있다는 것을 그때 알았다.

등을 보이던 날, 걷는 등 뒤로 먼저 번진 노오란 잎.
바라보며 바라보며 왜 앞에 있을 때엔 하지 못했을까.
열 손가락의 비밀을 묻어요 더는 마침표를 찍을 수 없어요
이별은 그렇게 하는 것이지요. 조금은 남겨두고.

　　　　　　　　　　　　　　　　－「남아있는 계절」, 전문

겨울이 잎과 꽃을 보내듯 다양하게 이별해야 한다.
바람이 바람을 가두지 않듯 사람은 사람과 이별해야 한다.
나무뿌리처럼 견고하게 사람은 이별하여 또 만나야 한다.

때로는 사람이 그리워 SNS를 한다.
공간 속에 드리워진 서정과 예술이 낯익게 다가온다.
낯익은 이름이 그리워 그의 글과 풍경이 그리워,
여기저기 함부로 기웃거리는 시선이 고독하다.
그러다가 분명한 실금이 그어지는 날에는
그 틈 사이로 허무한 바람이 인다.

외로워서 살껍질이 터지는 겨울나무,
탁탁 터진 껍질 사이로 찬바람이 운다.

작은 새 한 마리 잠깐 머무는 눈빛을 끝내 보내고야마는,
겨울은 오래 머물지 않아도 아름다운 관계.
앙상한 가지에도 봄이 머물 수 있음을
생을 내주는 견고함이 부러운 것이다.

흰 눈이 내리고 바람이 불고,
다시 흰 눈이 내리고 다시 바람이 불고,
겨울에 잉여의 시간은 없다. 봄이 온다.

―「겨울은」, 부분

이제 슬슬 문 닫을 때입니다.
당신의 방도 나의 방도 불을 끌 때입니다.
오늘은 여기까지입니다.

―「SNS에서의 일상 엿보기」, 부분

오로지 깊은 하늘 향해 몸 부딪치며 흔들어대는 붉은 잎,
씨줄 날줄 엮듯 깊어진 인연줄은 내 그리움의 몸짓입니다.

감물 은은히 배어든 무명 한지 핏빛 찬란한 지난날의 언어
들,
갈빛 들이치는 그대 뜰에 살그머니 펼쳐 보이겠습니다.

여름 내내 뜨겁게 익은 정념 속내 어루만지기도 전에,

이별을 노래해야 했던 그곳엔 아직도 바람이 붑니다.

—「가을엔 이별하자」, 부분

위의 다섯 편의 시는 모두 이별을 이야기한다. 위의 시편들 속에서 화자는 죽을힘을 다해서 너에게 기어가는 존재로 등극한다. 그러나 그 길의 끝에는 언제나 이별이 당도해 있다. 그것은 이미 예정된 이별, 즉 죽음을 몸에 각인시킨 채 피어나는 "순간 핀 꽃 한 송이 찰나에 그대와 짧은 호흡 하나/잠시의 머무름이지요."의 꽃의 시간이기 때문이다. 또한 "이별은 그렇게 하는 것이지요. 조금은 남겨두고,"라는 가슴 선연한 전언으로 화자는 이별을 서슴없이 감행하기도 한다. 아니다, 여기서 서슴없이, 라는 말은 틀렸다. "바라보며 바라보며" 간절했던 화자의 심경은 "열 손가락의 비밀을 묻어요. 더는 마침표를 찍을 수 없어요. 로 더 이상 물러 설 자리가 없는 단애의 심경일지도 모른다. 마음의 병을 깊이 앓았던 사람은 겨울 지나 봄의 찬란한 빛에 더욱 더 감사하듯 이별을 몸소 감행했던 화자는 "나무뿌리처럼 견고하게 사람은 이별하여 또 만나야 한다."처럼 이별 다음에 다시 만날 수 있을 것임을 예견한다. 그것이 이번 생이 아닌, 다음 생이 될지라도 개의치 않는다. 왜냐하면 화자에게 사랑은 "뜨겁게 익은 정념"이거나 "바람이 바람을 가두지 않듯"이처럼 자연의 현상이기 때문이다. 이제 화자는 바람의 가는 길을 처연히 바라보듯이 이별을 각오한다. 그렇게 계절은 또 다시 돌아와 "이별을 노래해야 했던 그곳엔 아직도 그대 바람이 붑니다."로 사랑은 다시 돌아오는 것임을 굳게 믿기 때문이다.

여자와 사람과 그리고

공원의 외다리 새 한 마리가 땅바닥을 쪼아댄다.
새벽부터인지 아니면 지난밤부터인지 알 수 없다.
자리를 떠나지 못하고 빙빙 돌며 먹이를 찾는다.
질긴 빛살이 접은 날개 미끈한 등짝에 쏟아진다.
땅바닥은 발바닥만큼이나 마른 먼지 부석거린다.
흙바람 땅은 다리 잃고 걸어야 할 하늘이 되었다.
하늘이 된 땅에서 마른 날개 슬쩍 펴보기도 한다.
새는 외다리 발바닥만큼 작은 땅에 씨앗을 심는다.
다리 하나에 싹이 나고 다리 두 개에 싹이 난다.
두 다리가 되기도 하고 세 다리가 되기도 한다.
하루치 밥을 먹고 하루를 나는 최선의 날갯짓이다.
—「노숙하는 노인」, 전문

화자의 눈에 비친 새 한 마리는 땅바닥을 쪼아대는 비루한 존재이다. 먹이를 찾는 존재에 대한 연민은 화자를 바라보는 위치에 정착시킨다. 새는 "새벽부터인지 아니면 지난밤부터인지 알 수 없다."로 집이 없는 새 한 마리임을 시사한다. 그런데 새는 "외다리"로 불구의 삶을 살아가는 지난한 영혼이다. 먹이를 찾아야 하는 외다리 새 한 마리는 "자리를 떠나지 못하고 먹이를 찾는다. 그렇게 화자의 눈에 비친 새는 "흙바람 땅은 다리 잃고 걸어야 할 하늘이 되었다."의 발화로 이 땅에서의 삶 자체가 이미 구천을 헤매는 '생중사'의 고단한 삶이라는 것을 암시한다. 외다리로 이 땅에서 살아가야 하는 새는, 그러나 그렇게 사실은 생각만큼 구차하거나 비루하지만은 않다. 하루치의 밥을 벌어먹는 최선의 삶. 그것을 화자는 "하루치 밥을 먹고 하루를 나는 최선의 날갯짓"으로 묘파한다. 그것은 바로 우종화의 시를 최선을 다하는 숭고의 미의식까지 끌어 올린다. 비록 밥을 먹기 위해 공원을 배회하는 존재일지언정 그것으로 최선을 다하는 하루치의 삶에 대하여 화자는 노숙하는 노인을 한 마리의 외다리 새에 비유한다. 화자는 삶이라는 커다란 명제 앞에서는 하루치의 밥을 벌어먹는 일은 누구에게나 공평하면서도 위대한 일이라는 것을 환유의 수법을 동원하여 축약한다. 그런데

놀랍지 않은가, 하늘이 된 땅!이라는 발화는 사실 하늘은
발바닥 뗀 그 자리부터라는 놀라운 성찰. 하늘이 저 먼 곳에
있지 아니하다는 발상의 전환은 문자를 업으로 삼는 시인만
이 가능한 상상력이기 때문이다.

> 가을 등을 타고 오는 비에 여자의 뼈마디들이 휘청거린다.
> 잠시 멈추었다 달아나는 불빛들이 잠을 물고 달아난다.
> 예고 없이 떠난 어느 시인의 죽음이 사람들을 울게 한다.
> 손등으로 떨어지는 것들이 점점 많아지는 계절이다.
> 단풍 소문이 뾰족하게 박히기도 하면서 바스락거린다.
> 몸을 비워내는 낙엽은 텅 빈 항아리 울음소리를 낸다.
> 청설모 새벽달 깨무는 소리가 꽃을 뜯으며 꽃잎을 부순다.
> 칼날은 점점 무디어 가고 꽃의 날에는 푸른 달이 뜬다.
> 벌어진 밤송이가 후두둑 터져 나오며 길을 떠난다.
> 알밤 터지는 소리가 남자의 주머니 속으로 울컥 숨는다.
> ―「가을이 소란하다」, 전문

위의 시에서 화자가 관심을 기울이는 대상은 여자이다.
그것도 환한 봄날의 햇살을 닮은 여자가 아니라, "뼈마디들
이 휘청거"리거나 "텅 빈 항아리 울음소리"가 들리거나 "칼
날은 점점 무디어 가"거나 혹은 이미 "꽃의 날에는 푸른 달
이"이 뜨기도 한다는 발화로 보아 여자는 이미 달이 기울어

버린 완경 부근의 여자임을 알겠다. 그럼에도 불구하고 선연한 족적을 남기는 위의 시는 화자가 보여주고 싶은 현실 인식이다. 현실과 당당하게 맞서고 싶어 하는 여자의 자세는 마냥 슬프기만 한 것은 아닐 터. 「가을이 소란하다」의 제목을 달고 있는 위의 시는 한 고비 실컷 넘고 있는 여자의 모습을 한 세상, 혹은 한 여름을 실컷 살아냈던 존재자의 위치로 여자를 옮겨놓았다.

앓을 때까지 앓아야 한단다. 실컷 앓고 나야 오히려 별을 볼 수 있단다.
아홉수를 넘기는 거라고 아프게 넘길수록 오십에 꽃을 피울 거라 한다.
뼈마디마디를 달구고 두들기고 온몸의 수분이 마를 때쯤이면 더욱 선명해지는 것.
독감이 몸속을 파고들수록 불들이 켜지고 그 사람은 얼음송곳이 되어 파고든다.
잠복기를 지나 터진 열병은 여자의 머리채를 붙들고 놓지를 않는다.
서로의 경계가 달라붙어 불과 얼음이 녹아내리는 한겨울밤의 몽상 사이로.
불면의 밤들이 한 백년쯤 이어지고 그제야 더 자라지 못했던 별들이 뜬다.

어두움의 가장 깊은 구멍은 뜨겁고 그 구멍 속에 오십의 여자
　가 산다.

—「아파야 별이 뜨는」, 전문

　하루를 백년처럼 걸어서 별을 틔우는 여자가 여기 있다.
이제는 알겠다. 우중화는, 혹은 화자는 제비꽃처럼 '보라'로
불면의 밤을 지세우기도 하고, 반백 년 만에 몸에 꽃을 피우
기도 한다는 것을. 그러면서 급기야 몸에서 별을 꺼내 하늘
로 쏘아 올리는 당차면서도 붉디붉은 여자 중의 여자이다.
화자는 "앓을 때까지 앓아"보기로 마음 단단히 먹고 앞으로
전전하는 존재다. 그는 별을 보는 대가로 자신의 몸을 내놓
을 줄도 알고, 뜨거운 구멍 속에서 도로 여자를 길어 올려서
살릴 줄도 아는 존재이다. 그런 화자가 지금 서 있는 자리는
"아홉수를 넘기는 거라고 아프게 넘길수록 오십에 꽃을 피
울 거라" 믿어보는 위태로운 자리이다. 아마도 아홉수를 넘
기는 그 자리에 "독감이 몸속을 파고들수록 불들이 켜지고
그 사람은 얼음송곳이 되어 파고"드는 시련을 겪고 있는 듯
하다. 아픈 몸에 파고드는 감기 기운을 사람으로 대치하면서
사람살이의 지난한 여정을 은근히 표명한다. 열정과 냉정
사이를 오고 가는 아홉수의 밤을 건너 여자는 무사할까. 아
마도 "어두움의 가장 깊은 구멍은 뜨겁고 그 구멍 속에 오십

의 여자가 산다. 로 구사하는 아파야 별이 드는 존재는 이후로도 오래 무사할, 아니 무사하지 못할 것이다. 왜냐하면 그녀는 시인이니까.

이상으로 우중화의 시를 읽었다. 그녀의 시는 붉고도 뜨거워서 잘못하면 데이기 십상이다. 더러는 여성스런 날카로움이 오히려 무사의 칼날보다 더 선연함을 보여주었고, 때로는 실존하는 상실의 아픔이 위태롭게 시편들에 각인이 되기도 하였다. 낮고 지난한 대상에 대한 연민은 하늘과 땅의 간극을 무화시키기도 하였다. 이런 시인의 시에 도대체 무슨 말을 할 것인가. 다음의 아름다운 시편을 읽는 것으로 우중화 시인의 첫 번째 시집 상재를 축하한다.

열반에 들지 못한 넋들의 진혼곡이다.
한 여름 매미는 지독하게 울어댄다.
해수관음상 옷자락 타고 흐르는 음률
죽은 자들의 염원이 암벽에 새겨진다.

한 계단 두 계단 돌계단 위에 그림자는 쓰러지고,
바닥에 게워진 허기진 그리움이 풍화에 쪼개진다.
맞물린 손바닥 틈새로 눈물의 기도가 고인다.

집요하게 파고드는 뒤틀린 애욕愛欲,

끝끝내 들러붙는 목마른 고해苦海,

한 생애를 탈피하면 조금은 가벼워질까,

매미의 빈집에서 쏟아지는 두려움의 반영,

하룻길 걸으면서 오늘도 뜨겁다 그대여,

―「보리암」, 전문